木曜日適合來杯可可亞

Cocoa on Thursday

木曜日にはココアを

青山美智子

Michiko Aoyama

邱香凝 譯

[目次]

木曜日適合來杯可可亞

1 星期四的可可亞

[Brown / Tokyo]

我喜歡的人，叫做可可亞小姐。

我不知道她真正的名字，只是自己擅自這麼稱呼她。
她總是坐在我工作的「大理石咖啡店」窗邊角落那個位子。
約莫半年前起，一個人的她，每次都會選這個位子坐。
點的東西也每次都一樣。

「請給我一杯熱可可亞。」
抬起頭，用那雙像雨後水滴的眼睛看我，長及肩膀的栗子色髮絲輕輕搖擺。

大理石咖啡店位於安靜的住宅區一隅。
沿著河邊整排的櫻花樹走到底，就能看到這間隱藏在大樹下的店。過了橋的對岸有幾間商店及設施，橋的這一邊則只有民宅，人煙稀少。咖啡店沒有買廣告，也未曾接受雜誌採訪，是一間只有知道的人才會來的店，倒也持續營業至今。

店內擺了三張桌子，一條能坐五個人的吧檯，桌椅是厚重的原木桌椅，天花板下垂著吊燈。

從來沒有客滿過，也很少空無一人。繫緊腰間的圍裙，我每天都在這裡接待上門的客人。

可可亞小姐固定星期四造訪。

下午三點多推開咖啡店的門，接著就在這裡待上三小時左右。

這段期間，她通常讀或寫英文長信，或是看英文平裝書，不然就是望著窗外。平日下午會來這裡的，多半是帶小孩的客人或上了年紀的長輩，難得出現可可亞小姐這樣的年輕女客。她看上去不像學生，手上又沒戴婚戒。不過，比三年前才剛成年的我應該大個幾歲。

我對英語一竅不通，最後一次「寫信」是什麼時候的事，也根本想不起來了。

所以，看到她把每天發生的事與心情寫在那些寄往異國的信中，或是讀著來自那邊的信，對我而言彷彿看著一個虛構的世界。她總使用宛如描圖紙的薄透信紙和有紅白藍三色描邊的信封，在這網路科技盛行的年代，手寫長信這件事本身就帶有一點神秘感，更別說使用如此復古懷舊的用具，使可可亞小姐看上去更加不食人間煙火。從她身邊走過時，我曾快速偷瞥一眼，看到她用鋼筆在信紙上寫下漂亮的草寫體。不知道是什麼魔法的咒語呢？

我非常喜歡看可可亞小姐在信紙上寫字的樣子。嘴唇描出柔和上揚的弧線，白皙的臉頰染上一抹紅暈。視線低垂時，每眨一次眼睛，焦茶色的長睫毛就在臉上投下一道影子。

這種時候的可可亞小姐一定不會看我。所以我可以一直盯著她瞧。心想，她真的把寫信的對象看得很重呢，忍不住莞爾的同時，輕微的嫉妒也出現在心中。

我開始在這裡工作，是兩年前初夏時的事。

沿著河邊散步，走到已經轉綠的成排櫻花樹下，恍惚想著：「這排樹不知道會延續到哪邊呢？」這就是一切的開端。

當時的我沒有工作。高中畢業後在一家連鎖餐廳工作，卻因為店裡生意不好，我被裁員了。那天也剛從職業介紹所回來，找工作找得不順利，只有焦慮和時間多得用不完。反正閒著也是閒著，乾脆跟著成排的櫻花樹一路走到底，在茂密的樹葉下方找到這間店。

這種地方竟然開了間咖啡店。確認錢包裡還有多少零錢才推開店門，這些錢至少夠點一杯咖啡來喝吧。

店內空間雖小，但給人一種說不出的安心感。有自己的「位子」可坐這件事，令無處可去的我感激涕零。明明是第一次來，感覺就像回到自己家似的鬆了一口氣。和連鎖店的喧嚷嘈雜正好呈現兩個極端，要是能在這種地方工作有多好……

環視店內，我不禁倒抽一口氣。一位看似店員的先生正好在牆上貼著「招募計時人員」的告示。時機未免太湊巧了吧。我忐忑不安地找了吧檯邊的位子坐下。

店員貼完告示，拿著菜單和水過來。他看上去約莫五十歲，個子矮矮瘦瘦的，有一張憨憨的臉，額頭正中央的痣令人留下相當深刻的印象。我看一眼設計得很時尚的菜單，確認價位後點餐。

「請給我熱咖啡。」

「熱的是嗎？」

額頭有痣的男人走進吧檯，開始用虹吸壺咕嘟咕嘟煮起咖啡，我看得目不轉睛。

「請問……您是店長嗎？」

「嗯。就叫我MASTER吧。開一間咖啡店，在店裡為客人煮咖啡，一直是我的夢想。」

MASTER隔著吧檯朝我端出咖啡。香氣馥郁的咖啡裝在素陶杯裡。喝下一口，溫和香醇的滋味漸漸擴散。就是這一口咖啡讓我下定決心，從椅子上站起來。

「可以接受計時人員的面試嗎？我想在這裡工作。」

MASTER一臉認真，看著我沉默了五秒，然後說：

「可以啊。這樣吧，錄用你當正式員工。」

我張口結舌。連名字都還沒報上就決定了？而且還不是計時人員，讓我直接當正式員工？

「可是……不需要看履歷表或身分證嗎？」

「不需要。我看人很有眼光。還是你比較想打工就好？當正式員工會對你造成困擾嗎？」

「沒這回事……」

「那就這麼決定啦。」

MASTER走出吧檯，劈哩啪啦撕下剛貼上的徵人告示。

就這樣，我成了大理石咖啡店的正式員工。然而，MASTER卻很快地說：

「我要出門一陣子，剩下的事就交給阿航你嘍，自己看著辦吧。」說完他就走了。

「我早就想過有一天要把這間店讓給別人，你比我想像中還早出現，真是太好了。」

「可是，開一間咖啡店，在店裡為客人煮咖啡，不是MASTER您的夢想嗎？」

我難以理解，這麼一問，MASTER不知為何露出迷濛的眼神說：

「夢想一旦實現就變成現實啦。我喜歡的是夢想，所以這樣就好了。」

接下來的兩年，我一個人經營著這間大理石咖啡店。當然，名義上的老闆還是MASTER，我只是領薪水的店長。劈頭就被交付了整間店，這種事怎麼想都很奇怪，面對這種誇張的狀況，我甚至無暇疑惑太久。和在連鎖餐廳工作不一樣，這裡沒有工作指導手冊，MASTER教我的只有怎麼鎖門而已。拚命嘗試各種方法，在錯誤中成長，常客也一點一滴增多了。有把我當親戚小孩一般疼愛的阿姨，也有去接幼稚園孩子放學順道來的爸爸，現在他們都成了店裡的熟面孔。如今這間店完全染上我的顏色，MASTER偶爾露個面，有時來換掉牆上掛的畫，有時裝成客人的樣子，坐在吧檯邊看體育報。

屬於我的地盤，只有兩層樓公寓裡租來的小套房和這間咖啡店而已。可是，只要有這小小的世界，我的日子就過得很充實了。房間雖小，但是有方便做菜的雙口瓦斯爐，那是我最中意的地方。更重要的是，我很愛這間咖啡店，甚至愛上了有栗子色頭髮的聰慧客人，這樣的人生未免太奢侈了吧。

店員愛上客人，說來或許是不被允許的事。但是，只要暗戀就夠了，我完全不在意。借MASTER的話來說，只要做夢就好了。暗戀也沒什麼不好。我就只是喜歡著她，如此而已。光是這樣就獲得了能量。所以，我會盡我一切所能。比方說，對了——

每逢星期四，就為她獻上一杯好喝到極點的可可亞。這就是全部。

七月過了一半，梅雨季後，天空晴朗耀眼的季節到來。

星期四，下午三點過後，一如往常地，店門在我的坐立不安中被推開。

可是，今天的可可亞小姐和平常不一樣。一看就知道她很累，掛著托特包的肩膀無力下垂。運氣不好的是，她喜歡的那個位子，今天已經有人先坐了。那是一個穿著筆挺襯衫和窄裙，看上去頭腦很好的女人。桌上放著幾本書，手上頻頻操作平板電腦。可可亞小姐瞥了那個女人一眼，背對平常自己喜歡的那個位子，在店中央另一張空著的桌邊坐下。

我端上水和菜單。明明是熱得冒汗的天氣，可可亞小姐還是點了和平常一樣的熱可可亞。她只在點餐時看了我一眼，視線又立刻落在桌面上。

送上可可亞後，可可亞小姐依然低著頭。信紙、鋼筆和平裝書都沒拿出來。她就只是不斷凝視著桌子的邊緣。

我看到了。看到眼淚沿著她的臉頰滑落。

想跑到她身旁，可是辦不到。

對可可亞小姐而言，我只不過和自動販賣機上的按鈕沒兩樣。她一定是家世良好的千金小姐，能說一口流利的英語，也可能住過外國很長一段時間，或者常常出國。那些航空信的寄信對象，或許是她遠距離戀愛中的情人。除了在這間咖啡店的時間以外，她是活在與我完全沒有重疊的遙遠世界裡的人。

可是現在這一瞬間，她近得彷彿我伸出手就觸摸得到。如果可以的話，真想為她擦拭淚水，輕輕握著她的手說，不要緊的。

不過這種奇蹟絕對不可能發生就是了。到底是什麼事情「不要緊」，我也不知道。

咖啡店的店員與常客。脫下圍裙的我能為可可亞小姐做什麼……能做什麼……

聽見啪啦啪啦的聲音，兩本書掉落地上。是那位坐在可可亞小姐老位子上用平板電腦的客人。只聽見她大聲發出沮喪的嘆息，自己撿起書來。怎麼搞的，今天來店裡的女人都一臉遇上難題的表情。

「哎呀，怎麼已經這時間了。」

那位客人看一眼手錶，把書塞進看似高級的黑色提包，匆匆走向結帳櫃檯。

對那位客人雖然有點過意不去，我內心暗忖「太好了！」迅速結帳，抄起托盤就往那張桌子跑。把還裝著冰咖啡的玻璃杯和剩下半杯的水、溼毛巾、吸管紙袋等東西收拾起來。要是哪裡舉辦「收桌子比賽」，我的速度快得大概可以得第一。用這樣的速度把這些東西全放上托盤，桌子擦乾淨。

「位子空下來了。」

我用緊張到嘶啞的聲音對可可亞小姐這麼一說，她驚訝地抬起頭。瞬間擔心自己是否多管了閒事，但無論如何都想傳遞這份心意，我鼓起勇氣。

「您每次都坐這個位子。我想，光是可以坐在自己喜歡的位子上，應該就能獲得一點力氣。」

可可亞小姐睜大本來就很大的眼睛，訝異地轉頭望向剛空下來的那個位子。下一瞬間，她笑得像雪融化一般。

「謝謝，或許真如你所說。」

可可亞小姐換到老位子，望著窗外一會兒。接著，喝完一杯可可亞後，難得又點了第二杯。

端上第二杯可可亞時，她一如往常寫著航空信。將杯子放在桌上那一刻，她忽然開口對我說：「那個……」我嚇得手抖，可可亞從搖晃的杯子裡濺出了幾滴，噴在信紙上。

「對、對不起！不好意思！」

難得氣氛那麼好，我卻犯下不該犯的錯誤。血液像退潮一樣，從頭頂刷的一聲退到腳底，我趕緊拿起餐巾紙打算擦拭。

「等等！」

可可亞小姐抓住我的手。這次，我的心臟跳得像魚一樣。

「你看，可可亞愛心！」

愛心？

被她這麼一說，我仔細一瞧才發現，雖然形狀有點歪扭，可可亞確實在信紙上染出一顆咖啡色的愛心。

「好有趣，就這樣寄出去好了。」

可可亞小姐像個發現彩虹的孩子般雀躍。原來她也會這樣笑啊。我身體裡的魚跳得比剛才更激烈，按捺不住。

「就寫『請喝杯熱可可亞溫暖身體』吧。」

可可亞小姐一邊這麼說，一邊以優雅的姿態寫下流利的英文。

坐在老位子，和平常一樣，笑得很開心。

於是我懂了。即使是這小小世界裡，也會發生奇蹟。第一次碰到那柔軟的手。看見只對我展現的歡欣笑容。

可可亞小姐在信紙上的愛心旁寫下「My dear best friend, Mary」。就連不懂英文的我也知道這句話的意思。這封信是寫給一位名叫瑪莉的，她最重要的朋友。

我不知道可可亞小姐為什麼哭泣，只是暫時知道了航空信的對象大概不是她的遠距離戀人。舉起托盤，遮住自己偷笑的臉。

2 一板一眼的煎蛋捲

[Yellow / Tokyo]

正要離開大理石咖啡店時，才發現書從提包裡掉了出來。難得今天提的是柏金包，和這本有著夢幻風格封面的書卻一點也不搭。我把書塞進包包底下放好，為了接兒子拓海下課，朝他就讀的幼稚園走去。

拓海讀的幼稚園，通常下午兩點就放學。不過這裡實施「延長安親」制度，最晚可以延到四點前再去接小孩。幸好丈夫輝也事前申請了延長安親，我才能在早退前順利出席公司今天下午的第一場會議。也多虧會議比預計提早結束，讓我提早來到河邊這間私心中意的咖啡店，打算一邊喝茶一邊研擬明天的作戰計畫。

大理石咖啡店是我私藏的秘密基地。默默佇立在一排櫻花行道樹的最尾端，窗外四季更迭的風景盡收眼底。室內設計走溫暖沉穩的路線，年輕男店員長得很可愛，是另一種意義的大飽眼福。現在難得看到這麼純樸的青年了。他做的熱三明治雖然沒有浮誇的外觀，手工倒是相當仔細，吃起來有股懷舊古早味。令人深深體會到何謂「從料理就能看出人品」。

不過，我今天沒時間在這好好放鬆。才剛攤開書本，正要踏入書中未知的領域時，就接到公司緊急聯絡。部下工作上出了差錯向我求助，我趕緊指示對策，再幫忙去向客戶賠罪。

用平板電腦專心回信時，放在桌角的書就這樣啪啦啪啦掉在地上。剛買的新書摺到了頁角，我忍不住嘆了好大一口氣。感覺就像被誰指責「搞砸了」。

看一眼手錶，接小孩下課的四點期限快到了。七月中旬的陽光到這時間還很炙熱，彷彿連太陽都在催促我似的。邁開絲襪緊繃的雙腿加快腳步。除了工作上的資料夾，多放了兩本專題雜誌的手提包塞得鼓脹。

幼稚園就在橋的對岸。現在去接拓海，再到家庭餐廳吃提早一點的晚餐，回家後……啊、要幫拓海洗澡和哄他睡覺才行。偏偏今天還得練習那件事。對我而言，那是比公事更沉重的負擔，結婚至今最艱難的任務。

明天，我必須、也是第一次幫拓海做便當。

剛才在咖啡店裡翻看的就是便當食譜書，上面寫著「讓便當看起來好吃的基礎五色」。紅、綠、黑、咖啡、黃。紅色只要放小番茄就輕鬆搞定。綠色用綠色花椰菜，雖然抓不準氽燙的時間，想必不會太困難。黑色則是海苔，我打算做幾個小飯糰，用海苔包起來。至於咖啡色，就煎個維也納香腸吧。我一直沒搞懂那是章魚還是螃蟹，總之煎好後切幾刀就是了。

黃色。

對，問題是黃色。說到黃色的食物，而且又是便當菜的話，就只有那個了吧。

看得見幼稚園大門了。仔細想想，這還是我第一次去幼稚園接拓海回家。入學已經兩年多，我來幼稚園的次數屈指可數，差不多就只有入學式、運動會和耶誕大會而已。每次都和輝也一起，由我負責錄影的任務。不過，今天輝也不在身邊，我是自己一個人來的。懷著一股說不出的緊張走進大門時，旁邊不知道誰對我說「妳好」。

轉頭一看，四個媽媽在那圍成一圈站著，旁邊有小朋友跑來跑去。不管是媽媽還是小朋友，我沒有一個認識，全身僵硬起來。

一位穿條紋T恤的媽媽看著我，剛才跟我打招呼的人大概就是她了。一頭毛燥的頭髮在腦後紮成馬尾，臉上戴著銀框眼鏡。

「今天不是把拔來接啊？」

「啊、對，嗯。」

一邊想著她到底是誰，我一邊擠出釋放最大善意的笑容。條紋T恤媽媽大概沒想到跟我搭了話卻聊不開，臉上露出苦笑。我只想趕快離開這裡，點了個頭就往教室方向轉身。其他媽媽也尷尬笑著點頭，感覺得出她們的視線正從我身上掃過。

我一背對她們，就聽到「誰啊？」「小拓家的。」「喔喔！」的耳語。

「把拔沒來喔？我今天下午排了打工，乾脆就申請延長安親，還以為會遇到小拓家的把拔呢。」媽媽們的小圈圈裡傳出明顯失望的聲音，我忍不住停下腳步。

什麼嘛，這麼受歡迎呀，輝也把拔。沒有回頭，我再度邁開腳步。

進入教室，拓海甩著蘑菇造型的頭髮跑過來，嘴裡大喊「媽媽——」雙臂朝左右水平伸直，模仿飛機的機翼。從來沒搭過的飛機，是拓海最嚮往的東西。

二十歲左右的幼稚園老師跟在拓海後面走過來。沒記錯的話，她是擔任副級任導師的繪里老師。皮膚光滑得像剛剝好的水煮蛋，粉紅色圍裙穿在她身上再適合也不過。

「哇！應該是第一次吧？媽媽來接拓海放學。小拓，好棒喔。」

又是這句話。我來接小孩有那麼值得大家驚訝嗎？還是說怎麼樣，大家都只想見到輝也把拔嗎？或許這是我的被害妄想，但總覺得那些話像在指責我平常不來接送小孩。

拓海從置物櫃裡拿出書包，對著老師說：「我爸爸去京都了。」語氣煞是得意。老師蹲低身子，配合拓海視線的高度說：

「京都？去旅行嗎？」

「不是喔，是工作！」

「欸，是喔？把拔開始工作啦？」

我一邊回答老師「也還不到稱得上工作的程度啦……」一邊協助拓海揹起書包。

「小拓家在東京，爸爸在京都，東京和京都。」

拓海開心地複誦剛學會的地名，往玄關方向跑。五歲小孩的大腦學到新事物時，應該是高興得不得了吧。

隔著教室窗戶，看得見剛才那群媽媽們還圍成一圈聊得起勁。我小聲問老師：「請問……那邊那位穿條紋上衣的，是哪個小朋友的媽媽？」

「喔，那是瑠瑠的媽媽，添島瑠瑠。」

添島，添島瑠瑠是嗎。我在腦中複誦一次，這麼說起來，入學典禮那天她好像就坐在我們旁邊，隱約有這個印象。當時或許曾簡單寒暄和自我介紹過。

「那我們先告辭了，繪里老師。」

一邊說著低下頭，這才看見老師圍裙上縫著刺繡貼布，上面繡的是她的名字「繪奈」。慘了，不是「繪里」，是「繪奈」。

不過老師一副完全不介意的樣子，笑著對我們說「再見」，朝其他媽媽的方向走去。

好的，再見。我逃也似的跑出教室。一定被當作白痴家長了啦。臉上冒出奇怪的汗珠，不只因為天氣熱的緣故。

牽著手走上人行道，拓海抬起頭。

「噯噯、媽媽，爸爸搭飛機了嗎？」

「沒搭喔，他是搭新幹線去京都的。」

「新幹線會飛嗎？」

「不會飛。」

「金龜子會飛喔。」

「現在又不是在講金龜子的事。」

「往京都的小拓號，準備起飛！出發，前進！」

什麼跟什麼啊，牛頭不對馬嘴。不過，很有趣就是了。

我忍不住笑出來，緊握拓海汗溼的手。

聽到蟬鳴的聲音，我想起前不久，拓海說和他爸爸去撿蟬殼帶回家的事。在流轉的四季中，輝也每天都像這樣和拓海走在這條路上啊。一想到這個，忽然有種被排擠在外的感覺，內心一陣失落。

我的丈夫輝也平常都在畫畫。不是「賣」畫，只是「畫」畫而已。至少到目前為止還是如此。我們認識時，在同一間廣告公司工作，他是小我兩歲的部下。差不多要結婚的時候，他忽然說「我想畫畫」，跟我商量「如果可以的話，我打算辭掉工作，負責所有家事」。

被他這麼一說，我表面上露出吃驚的樣子，發出「欸！」的驚呼，內心卻是暗自慶幸。因為結婚前一直住在娘家的我從來沒洗過碗，連電飯鍋的按鈕都沒按過。

比起做家事，工作對我來說輕鬆一百倍。要是能當個「支持以畫家為目標的丈夫，成為家中經濟支柱的妻子」，我就有絕佳藉口不做家事了。

就這樣，我更專注於工作，輝也則成為勤儉持家的家庭主夫。他很會做菜，連床單都會用熨斗先燙過，家裡整理得一塵不染。我爸媽住在離這裡搭電車一小時距離的地方，輝也也從來不會忘記跟他們聯絡交流，彼此相處得很好。懷孕休產假的時候，他對我更是百般呵護。拓海出生後，為了讓我獲得充足的睡眠，有時他還會帶著孩子去睡另外一間房間。因為母乳分泌不足的關係，很快就改成了泡奶粉餵奶，我也因此很早回到工作崗位，幾乎沒有親自哺育拓海的感覺。他什麼時候學會站，什麼時候學會走，這些值得紀念的瞬間我也連一次都沒親眼見證過。上幼稚園後，園方要求家長親手做手提袋和裝室內鞋的袋子，都是輝也不厭其煩（甚至還一副喜孜孜的樣子）做出完成度高到足以媲美市售商品的東西。我慫恿他「不如拿去賣給不擅長做手工藝的媽媽們」，他只是笑一笑說「沒有那麼厲害啦」。輝也這個人就是這麼無欲無求。要是他有那個意願的話，我明明可以好好替他策劃一番的啊。

總而言之，我們夫妻達成了完美的分工合作關係。直到出現那個來自京都的邀請。

輝也放在Instgram上的作品獲得「獨特、與眾不同」的評價，粉絲愈來愈多，留言絡繹不斷的事，我是知道的，但沒想到會有人來邀請他參加聯展。京都一位眼光獨特的畫廊老闆，召集了五位尚未出名的畫家和插畫家，邀請他們一起在京都舉行聯展，輝也也收到了邀請。

沒錯，輝也的畫很有意思。一張風景畫中可看見各式各樣的東西，可以說是一種錯覺藝術。可是，若問世界上為數眾多未成氣候的藝術家中，輝也的作品是否特別傑出，那我就不確定了。一開始我也懷疑他是不是遇上把追求夢想的人當作獵物的詐欺犯，上網對那家畫廊調查了一番。沒想到，查出來的都是正派經營的內容。這次邀請參展也是，雖說交通費和住宿費還是要自己出，畫廊方面並未向畫家收取任何「參展費」，類似展覽過去也已舉行過多次。畫廊老闆在這領域似乎相當出名，好幾個網頁上都能看到他本人的照片。不過，上面都沒提到他的名字。明明是畫廊老闆，網頁上卻用「MASTER」來介紹他。長相不甚起眼，只是個五官平平凡凡的大叔，唯獨額頭中間那顆痣令人印象深刻。不知是否人脈雄厚，在他挖掘下嶄露頭角的畫家還真不少。

收到這位「MASTER」直接透過Instgram傳來的私訊，輝也對我說：

「聯展本身從星期五展到星期天，但事前還要進場佈置、開會討論，星期四早上我送拓海去幼稚園後就得直奔京都。所以，星期四接拓海放學，星期五早晚的接送和便當就要拜託妳了。我會搭星期天最後一班車回來。」

我沒能馬上回應「好喔」。一句無情的「我要工作，不可能」卡在喉頭，呼之欲出。看我默不吭聲，輝也像要安撫似的說：

「交通費和飯店錢我會自己出，一毛都不會花到朝美工作賺的錢。所以，拜託妳了。」

我啞口無言。難道輝也一直認為「自己沒有賺錢又做著自己喜歡的事，所以必須忍耐，不能把家裡的錢花在自己身上」嗎？說不定畫畫所需的所有用具，他都是花自己婚前存的錢買的？

我忍不住脫口而出：「那種事無所謂啦，我會幫你出，你可以用家裡的錢啊。」說完自己赫然一驚。竟然說什麼「幫你出」，我察覺到自己的傲慢。

然而，輝也對這句話沒太大反應，隨口又說了句：

「不用啦，真的。錢的事沒關係的，畢竟我自己也賺了不少。」

「欸？」

賺了不少？我疑惑地伸長脖子，輝也微微低頭說：

「嗯……我沒告訴過妳，其實股票當沖玩得滿順利的。」

我無言以對。從沒想像過會有這種事。張著嘴巴愣愣望著輝也，他又討好似的問：

「拓海可以拜託妳照顧嗎？」

嗯、好吧……無可奈何之下，我只好吶吶答應。那之後，一股說不清的不安就一直籠罩著我。

這件事姑且不提，現在得先克服眼前的難關。

幼稚園的接送，只要把當天的工作行程安排好，應該就沒太大問題。輝也不在時的三餐，也可以靠外食或百貨公司地下街賣的便菜解決。

問題是，星期五的便當。

紅色、綠色、黑色、咖啡色，還有黃色。無論如何都逃離不了煎蛋捲。

和拓海一起去家庭餐廳吃過晚餐回家後，我站在廚房，單手握起平底鍋展開特訓。「煎蛋捲的作法」已經在書上和網路上看過很多，照理說也都記在腦海裡了，為什麼實際做起來就是不成功呢？煎不出蓬鬆的蛋捲，蛋皮也動不動就沾黏在平底鍋底，無法漂亮地捲起來。不只如此，加在蛋液裡的調味料，有的食譜寫鹽巴，有的食譜寫砂糖，有的食譜寫醬油，還有說要加太白粉和牛奶的，我根本不知道哪一種才是我家的煎蛋捲口味。可是，我又不想因為這種事打電話問輝也。

廚房調理台上，擺滿愈來愈多破碎的煎蛋捲。在客廳看電視的拓海跑過來大喊「哇——！」語氣天真地問：

「這是什麼料理？」

這句話讓我虛脫無力，默默重新朝大碗公裡打一顆蛋。

電視裡傳出動畫主題曲，拓海一邊跟著唱，一邊跳起莫名其妙的舞，一下跳來跳去，一下變身飛機「咻」地飛回客廳去了。

我用長筷子攪拌蛋液。刷刷、刷刷。要攪拌到什麼程度才行呢？要煎到什麼程度才算成功呢？充滿整個視野的黃色愈來愈模糊，這才驚訝地發現自己在哭。

為什麼，為什麼。為什麼連區區一個煎蛋捲都做不好？

從小我就拚命用功讀書，考上大學後拚命找工作，進公司後努力為公司賣命，一直以來不管走到哪都被稱讚優秀。

沒辦法。我一直在逃避。把最討厭的家事和沒自信的育兒全部推給輝也，自己逃進工作中。為的是從大家毫不費力就能做到而我卻做不到的自卑感中逃離。

只要是工作，無論多困難我都做得到。客戶的名字和長相只要見過一次面就絕對不會忘記，和再大的企業高層見面也不會緊張，能夠從容大方地發表自己的意見。寫得出讓眾人跌破眼鏡的企劃，在一大群人面前提案也不會怯場，連部下犯了錯都能幫他們擦屁股。我有自信比任何人更能做好這些事。

可是，我沒有半個媽媽友。害怕拓海同學媽媽們組成的小圈圈。連幼稚園老師的名字都搞錯。一顆蘋果被我削完皮就沒剩幾口果肉可以吃了，所有垃圾看在我眼裡都是可燃垃圾，把洗曬好的衣服像摺紙一樣摺疊整齊對我來說更是高難度的技藝。我做不到。

一直以來，唯一自豪的就是「支撐家計」這件事。可是就連這一點都無法讓我安心了。我不知道輝也玩股票當沖賺了多少錢，但是，就算少了我的收入，光靠他賺的錢一定也夠家用。對輝也來說，對拓海來說，我在這個家的意義到底是什麼？

怎麼辦？要是輝也的畫大賣怎麼辦？要是我不能再待在這個家裡了怎麼辦？真希望他的畫賣不出去，真希望他無法獲得任何人的認可。輝也只要永遠待在我和拓海身邊就好了。

淚水滑落的瞬間，手機響了。一看畫面顯示，是輝也打來的電話。

「爸爸打來的，你跟他說。」

我把電話遞給拓海，拓海興奮地接起電話。

喂喂？爸爸！嗯、嗯，對啊，今天吃了漢堡排喔！隱約聽得見拓海的聲音，手中的長筷在聽見下一句話時戛然停住。

「媽媽很厲害耶！她在煮飯。跟你說喔，那道菜好像油菜花田，好漂亮，看起來好好吃！」

我猛地抬起頭。油菜花田？大概因為我用了黃綠色的盤子，讓拓海產生這種印象了吧。破破爛爛的大量蛋皮像是終於獲得回報，看上去像在微笑。

拓海把手機遞給我說：「媽媽，爸爸叫妳聽。」

「朝美？很厲害嘛？妳在煮什麼？」

聽見輝也溫柔的聲音，我認不住嘆氣。不想讓拓海聽見，就移動到裡面的房間，小聲哽咽著回答。

「煎蛋捲……便當菜啦。怎麼煎都煎不好，煎不出完整的形狀，全都扁塌扁塌的……」

「在為了明天早上的便當練習嗎？沒有一定要放煎蛋捲啊，炒蛋或水煮蛋也可以。」

「不行！一定得放煎蛋捲。去年幼稚園送拓海的生日卡片裡，不是寫著他喜歡吃煎蛋捲嗎？如果沒有吃到煎蛋捲，他一定會很失望。」

「才不會失望呢。」

「會啦！一定會啦。我都有好好照書裡教的做，為什麼還是煎出完全不一樣的東西啊？有我這種連煎蛋捲都不會做的媽媽，拓海太可憐了。」

「朝美。」

輝也厲聲制止我。難得見他生氣，我畏縮了。可是，輝也接著卻平靜地說：

「妳用的是哪個平底鍋？」

「欸？掛在牆上那個紅色圓形的……」

「那個鍋子太舊，鐵弗龍塗層都掉了，蛋汁很容易沾黏吧。放鍋子的地方不太一樣，妳可能不知道，家裡其實有煎蛋捲用的四方形平底鍋喔。才剛買新的，用起來應該很順手。把流理台底下的櫃子門打開看看，藍色手柄那個。」

照他說的回到廚房，打開櫃子一看，果然有。小小的長方形平底鍋。食譜上確實也有這種鍋子的照片，只是我原本以為那只是專業人士拍攝用的道具，一般人家裡不會有這種東西。

「一開始要先仔細熱鍋，熱到蛋汁倒下去時會發出滋的一聲才行。調味料只需要一小撮鹽就OK。油不必太多，但是不要直接倒在鍋子裡，用廚房紙巾沾一點油塗抹。我猜妳可能太早翻面了。我在這邊等妳，妳試試看。」

我先把手機暫時放在餐具櫃邊邊，照輝也的指示去做。那個長方形平底鍋輕巧好用，煎出了難以置信的漂亮煎蛋捲。只要把蛋皮朝四個角落壓過去，就能輕易煎出整齊的形狀。雖然不到一百分，至少差不多及格了。

「好、好像可以耶。」

「是不是？」

把煎蛋捲盛進盤子後，長方形平底鍋依然光滑油亮，沒有半點沾黏。

「這平底鍋也太優秀了吧。用那個圓形的鍋子煎的時候明明煎得那麼糟糕。」

「不、圓形平底鍋也很優秀喔。它深度夠，也夠厚重，其實很好用的。炒菜或做麻婆豆腐時最適合用那個。煮少量義大利麵也可以用。就算再新再輕巧，煎蛋捲用的鍋子也不能拿來做中華料理啊。每道菜都有最適合的用具。」

適合的用具。被他這麼一說，總覺得連我都獲得了安慰。輕輕撫摸那個跟我奮戰了好一會兒的圓形大平底鍋。能跟輝也說上電話真是太好了。我正想道謝，他卻搶先說了。

「妳很努力了，是個很棒的媽媽啊，一點也不是沒用的媽媽。我最喜歡朝美這種認真又單純的地方了。」

剛才心裡破掉的洞漸漸像被什麼填滿。輝也的話語為我築起了容身之處。

我慢慢告訴他：

「希望能有更多人看見輝也的畫。」

「我會努力，一點一滴學會更多家事。」這句話雖然也浮現腦海，今天還是先收進心裡吧。眼前第一要務，是明天早上在幼稚園遇見條紋T恤的添島太太時，能夠主動打招呼，對她說聲「早安」。

拓海不知什麼時候跑進廚房，問我：「這個可以吃嗎？」小腦袋在跟我腰部差不多高的地方，直順的頭髮散發光澤。小小的手指著那些煎失敗的蛋捲，像是停在油菜花上的白粉蝶。

3 成長的我們

[Pink / Tokyo]

「繪奈老師，給我看妳的手手。」

萌香這麼拜託，我有點猶豫。那雙骨溜溜的眼瞳仰望著我。早上一到幼稚園，目送媽媽背影離去後，萌香立刻迫不及待朝我飛奔。

「手手嗎？來，請看。」

我張開手掌，萌香臉上明顯露出失望的表情。

「不塗了嗎？粉紅色的。」

我微微一笑。

「嗯，已經不塗了。」

「為什麼？」

因為被說不可以。

吞下這句話，我牽起萌香的手。

「我們去那邊讀繪本吧？」

萌香點了點頭，但她一定沒有接受這個答案。那句「為什麼？」停留在半空中，輕飄飄地環繞我身邊。

上星期二的事了。

九月的三連休，我去參加國中同學會，久違地塗了指甲油，隔天忘記卸掉就來上班了。短期大學畢業後，我找到這份幼稚園老師的工作，至今做了一年半。或許心情上有點鬆懈了吧。

真要說的話，職場並沒有不准老師塗指甲油的規定。可是，這就像是某種不須言明的默契，別說指甲油，有些老師甚至連化妝都不化。

那天我搽的是粉紅色的指甲油，並不是什麼誇張的顏色。十根手指的指甲向來都整齊修剪得很短，也沒有黏上水鑽或亮片，不用擔心掉進園童吃的東西或刮傷他們。很安全。我心想，今天一天就好，小心遮掩著度過吧。盡可能不讓其他老師或園童看到我的手，順利撐過了上午。

中午便當時間，正當我把裝了牛奶的杯子分發給大家時，萌香發出「哇」的驚嘆。

「繪奈老師的手手好漂亮。」

我心頭一驚，但又無法把手縮回來，托盤上還有好幾杯牛奶，等著我一一分發給大家。確認過沒被其他老師聽見，我笑著小聲對萌香說「謝謝」，匆匆將牛奶杯放在桌上。

坐在萌香旁邊的香菇頭拓海一臉得意地說：

「我媽媽也有去做指甲喔，有那種會幫人家在指甲上畫圖的店。」

聽了這句話，坐他對面的瑠瑠好奇地向前探身，盯著我的指甲看得入迷。瑠瑠那兩根紮得緊緊的辮子尾巴差點泡進牛奶裡，我趕緊挪開杯子。

「繪奈老師也是去店裡給人家畫的嗎？」

瑠瑠抓住我的手指，這麼一來，我想逃也逃不掉了。

「不是喔，不是在店裡做的，是自己塗的喔。」

「自己也可以嗎？」

「可以啊，很簡單喔。」

我發完牛奶，帶著不自然的笑容撤退。

回家前，萌香小心翼翼地湊過來，耳語一般悄聲對我說：

「繪奈老師，明天也要讓我看妳的手手喔。」

臉上掛著羞赧微笑，萌香抬頭看我。看見她的手，我差點驚呼出聲。倉促之間總算強忍住。

「……嗯，明天見。」

隔天，再下一天，我都塗著指甲油去上班。

「到辦公室來一下。」

學生都放學回家後，我正收拾著東西時，泰子老師在我耳邊這麼說。星期五的傍晚，幾位同事夾雜擔心與好奇的視線目送下，我跟著泰子老師走向辦公室。

泰子老師是在這裡服務了十五年的資深老師，也是「不化妝的老師」。她連眉毛都不畫。明明五官端正的她，化起妝來一定會是大美人。不過，她要是聽到這種話，大概會嫌我多管閒事吧。老是一副咄咄逼人的態度，總覺得打從一開始她就不喜歡我。辦公室裡剩下我們兩個人，泰子老師關起門來說：

「妳啊，手伸出來給我看。」

連開場白都沒有，劈頭就是這句話。我照她的吩咐伸出右手，泰子老師立刻粗魯地抓住我的手指。

「妳到底在想什麼？竟然搽了指甲油！」

這麼一說，又像丟掉什麼髒東西似的甩開我的手。

「添島瑠瑠的媽媽來抱怨了喔。說都是妳搽指甲油的關係，害得瑠瑠回家拿麥克筆塗在指甲上，讓她傷透了腦筋。聽說妳還跟孩子們說搽指甲油很簡單，不需要去店裡，自己也能搽？為什麼要說這種慫恿小孩的話？」

我這才想起，剛才跟瑠瑠媽媽擦身而過時，我想跟她打招呼，她確實冷漠地把頭給轉開。腦中浮現總是穿條紋T恤的她的背影。

「我沒有慫恿——」

「不要找藉口！其他媽媽也很介意這件事喔。這樣做不只妳自己有問題，整個幼稚園的形象都會被破壞，妳明白嗎？」

我咬緊牙根。既然泰子老師要這樣不分青紅皂白斷定是我的錯，那我也沒什麼好說了。

「或許妳是為了下班後跟男朋友約會，想把自己打扮漂亮一點，但工作歸工作，私人時間歸私人時間，不區分清楚是不行的。」

不是這樣。完全不是她說的那回事。原本想否認，想想又覺得算了。泰子老師是那種永遠認為自己沒錯的人，說什麼都沒用。我自認已經以自己的方式拚命努力工作，可是，對於不把指甲油卸掉的「原因」，我不知道該怎麼說明，才能讓對方理解。事實上，我對自己這麼做是否正確也沒有自信。

「總之，妳去把指甲油卸掉。」

「……知道了。」

好不容易擠出這句回應，我緊握拳頭，像要把粉紅色的指甲隱藏起來。

那天晚上，我一邊把化妝棉泡在去光水裡，一邊想起表姊真子。比我大很多歲的真子，從小就是我崇拜的對象。她長得可愛，頭腦又好。真子教會我很多，比方說頭髮怎麼綁，絲巾怎麼紮，指甲油怎麼塗……全都是跟真子學的。

我上高中時，真子前往澳洲大城市雪梨留學。從大學教育系畢業後，現在她在英語補習班當老師。

為什麼不是學校老師，而是英語補習班老師呢？真子曾告訴過我原因。

「我想教的是為了學會講英語，願意自己出錢再學一次的人們。不只是為了考高分，我想接觸的是積極主動抓住什麼的學習熱情。」

讀短期大學時，我之所以選修幼稚園老師的教育學程，有很大原因是受到這樣的真子影響。想和她一樣，從事被稱為「老師」的工作。可是，共通點也就只有這樣。總覺得，選擇踏上這條路的背後，我並未抱持什麼了不起的原因。頂多就是覺得小孩子很可愛而已。

卸掉所有指甲油，我躺在床上，拿起手機。

打開存在網頁書籤裡的「CANVAS」官方網站。《CANVAS》是一本在雪梨發行，以日本人為目標族群的免費情報雜誌，內容包括餐廳介紹、活動資訊和當地的徵人啟事等。真子在澳洲留學時接受過《CANVAS》採訪，和編輯建立起不錯的交情，到現在還經常受邀在雜誌或網站上發表文章。

實體情報誌只在澳洲才買得到，網站上的文章則在日本也可以讀，所以我經常上去看。

未經深思地，我隨意點擊網站上各個專欄瀏覽。卸掉指甲油的裸甲上下移動，眼前跳出一篇「打工度假體驗記」的文章時，手指倏地停止動作。

「打工度假」這個名詞我也聽說過。除了可以在當地旅行，還可以去上學或工作，沒記錯的話，是一種可以在國外住上一年的簽證。好像有個職場前輩就曾在二十九歲那年說「再差一點就去不成了」，辭掉工作去打工度假。這麼說來，所謂的打工度假大概有年齡限制吧。如果是這樣的話，我應該還有機會。

在搜尋引擎打上「澳洲」、「打工度假」等關鍵字，我埋頭研究起陸續搜尋出來的網頁內容。

有資格申請打工度假的年齡介於十八歲到三十歲之間。報名費將近四萬日幣，另外需要準備在當地生活的基本資金，大約是四十五萬日幣。此外，就是要有健康的身體。只要滿足上述條件，手邊有護照和信用卡，上網就能辦理申請手續。不用考試，連去澳洲大使館都不必。什麼嘛，竟然這麼簡單。

搜尋出來的網頁中，有許多日本人和澳洲人親密搭肩、一起潛水或剃羊毛的照片。聽說澳洲治安良好，民眾多半親日。我一直以為在國外生活，得像真子那樣精通英語，個性獨立的人才行，沒想到似乎並不難。

……好像挺不錯的？

比起現在這個薪水微薄，不時還要被前輩霸凌，被園童家長客訴，連指甲油都不能搽的生活，肯定好太多了吧？去澳洲做什麼好呢。現在一時想不到，不過一定有什麼可做。某些在這裡做不到的事，去了澳洲一定就能做到了。畢竟我還這麼年輕又健康，個性也不太怕生，說不定還能在那裡交個澳洲男朋友。住在澳洲的理由，去了再想就好。到時候說得一口流利英語回國，搞不好還能進外商公司工作。當翻譯或採購好像也很帥氣。這點小事，只要現在開始努力，一定能實現的吧？

辭掉好了，幼稚園的工作。

去澳洲看看吧。

從園長那裡聽說萌香不讀我們幼稚園了，是十月中左右的事。

聽說因為她爸爸忽然調職，下星期就要搬家了。

「繪奈老師。」

來接萌香放學時，萌香媽媽叫住了我。平常沉默寡言，行事低調的她，這還是第一次主動找我說話。

「我家萌香承蒙您照顧了。」

「……聽說你們要搬家了呢。」

「是啊。」

停頓了一下，正當我心想得說點什麼才行，萌香媽媽先開了口：

「繪奈老師，萌香啊，已經不咬指甲了喔。」

媽媽靜靜笑著這麼說。

「那孩子以前把手指甲都咬得光禿禿的，嚴重時甚至還咬到流血……我一直為這件事很煩惱。讀遍了教養書籍，都說不能罵小孩或制止他們，有的書上還說小孩咬指甲的原因是父母沒有給予足夠的關愛。明明我是這麼寶貝她，為什麼還會變成這樣……看著那種書，感覺就像自己受責備。」

「……」

「差不多一個月前，萌香回家很開心地跟我說，繪奈老師的指甲是漂亮的粉紅色。還說萌香也想有那麼漂亮的手，所以不咬指甲了。她自己主動這麼表示。原本咬成鋸齒狀的指甲，現在也都修剪整齊了。」

萌香媽媽的聲音顫抖。我也心頭一熱，眼淚差點掉下來。啊、太好了。我希望的事情發生了。就像我崇拜真子那樣，如果能讓萌香覺得粉紅色的指甲很漂亮，或許她就不會再咬指甲了。當時我正是這麼想。

「非常謝謝您。」

萌香媽媽對我深深一鞠躬，我反倒慌了起來，語無倫次地說：

「可是、我很快就卸掉了……萌香是不是很失望？」

萌香媽媽直起身子：

「不，萌香說很漂亮的，是卸掉指甲油之後的指甲喔。」

「咦？」

「您沒聽泰子老師說嗎？」

沒聽說，什麼都沒聽說。在這裡聽到泰子老師的名字，更是出乎意料。

「萌香一開始好像也覺得搽了指甲油的手指很可愛，這確實是讓她放棄咬指甲的開端。不過，繪奈老師卸掉指甲油後，泰子老師跟班上的大家說，繪奈老師的手是努力工作的手。只要大家常常笑嘻嘻，吃很多東西，做什麼事都開開心心全力以赴，就會擁有跟繪奈老師一樣的指甲。長大之後，想在指甲上塗顏色好好打扮一番時，如果能有一副健康的指甲就太棒了。」

……泰子老師竟然說了這種話？

我嚇了一跳，什麼都說不出來。萌香的媽媽盯著自己的手。

「指甲是健康的指標嘛。我最近都沒好好觀察自己的指甲，外子工作忙，幾乎不在家，總覺得我自己一個人扛起所有育兒責任……回過頭才發現自己太緊繃了。希望外子調職搬家後，一家人能有更多時間在一起。我和萌香都能過得健康，充滿笑容，擁有粉紅色的漂亮指甲。」

萌香媽媽笑起來時，眼神和萌香一模一樣。

媽媽——！耳邊傳來萌香開朗的聲音，看見她朝這邊跑過來。

「分離真是一件寂寞的事。」

回頭一看，泰子老師不知何時站在那邊，我嚇得跳起來，嘴裡還發出「噫！」的驚呼，一副看到路邊有蛇竄出來的樣子。泰子老師見我這樣，不由得顰眉。

「也不用嚇成那樣吧？我想說跟萌香媽媽打聲招呼，已經站在旁邊一會兒了，只是找不到時機上前。」

泰子老師一臉尷尬地轉頭，朝正往大門走去的萌香母女投以一瞥。

我一說「那個……」，泰子老師也同時開口：

「我可不是幫妳說話，只是、怎麼說呢……」

泰子老師終於正眼看我。

「妳應該真的很努力吧。」

泰子從來沒用這麼和氣的語氣跟我說話，我有點訝異。難道她比想像中更理解我的心情嗎？這麼一想，不知怎地心頭一陣感動。瞄了這樣的我一眼，泰子老師又用強硬的語氣說：

「話說回來，要是妳好好解釋清楚，我也不會不分青紅皂白就說是妳不對。不要臭著一張臉一聲不吭，有話就好好講清楚不是比較好嗎？」

她的語氣一如往常嚴厲，我卻不再感覺被壓迫。這才發現，改變的不是泰子老師，是我接受的態度。

「我不知道該怎麼解釋才好。也覺得難怪瑠瑠媽媽會生氣。」

聽我這麼回答，泰子老師忽然露出認真的表情。

「就算不知道該怎麼說，還是希望妳能說出來。我也曾有過類似經驗，跟妳差不多大的時候，搽了有顏色的護唇膏。雖然不是口紅，抱起小朋友時，還是不小心沾在對方襯衫上了。那是個男孩子，他媽媽跑來責備我不正經。」

「怎麼這樣……」

「不、是我不好。所以後來我盡可能不在身上塗抹有色化妝品了。但是，同時也有家長跑來說化妝是身為成人的基本禮貌。各種看法都有啊。就像萌香改掉咬指甲習慣這件事上，妳的指甲油肯定派上了用場。可是，事情未必會朝我們希望的方向進行，也未必所有家長都能接受我們的做法。最重要的是，怎麼做對孩子最好，我們也只能親身去體會和感受了。」

我點點頭，內心不可思議地平靜下來。

面對每個當下發生的事，我們只能在錯誤中嘗試、衝撞，即使不確定適不適合，也只能這樣找尋正確答案。每天每天，孩子們都在急速地成長。在好好面對每一個孩子的過程中，我自己一定也跟著不斷成長。

「很難呢。雖然非常辛苦……可是，這大概就是人家說的成就感吧，我好像能明白了。」

聽我這麼一說，泰子老師就用有些調侃的語氣說：「哎呀，這麼臭屁。」

「我啊，一直很注意繪奈老師妳，可能忍不住對妳嚴格了點。因為，妳和年輕時的我很像。」

「欸？」

我不假思索地向後仰。

「妳在嫌棄什麼啊——」

「不是嫌棄啦！」

我們相視而笑。這是第一次，但或許我老早就想像這樣和泰子老師說話了吧。

啊、找到了呢。我心想。

不辭掉現在的工作，暫時再努力一下吧。因為，無論聽到萌香說她也想有一雙漂亮的手，還是看到萌香媽媽對我展現的安心笑容，或是拉近了與泰子老師之間的距離，這些都讓我好高興。

在這間幼稚園裡，我還有很多想做的事。這就是我待在這裡的「理由」。

站在泰子老師身邊，一起目送家長與孩子們離去。明天見，保重喔。走到大門口的萌香一個轉身，對我們用力揮手。

4 聖者勇往直前

[Blue / Tokyo]

妳知道Something Four嗎？

一邊用手指摩挲杯緣，理沙這麼說。以前我們兩人總打著「美食巡禮」的名號四處吃吃喝喝，現在她卻說為了下個月的婚禮要減肥。她還說，十二月對婚禮業界來說是淡季，可以用比較便宜的費用舉辦婚禮。

明明很久沒見面，我們約的卻不是晚上聚餐喝酒，也不是共進午餐，只是喝個下午茶。理沙帶我來的這間大理石咖啡店，就在我任職的幼稚園旁河川對岸。因為被整排的櫻花行道樹擋住，以前我都不知道有這間店。店裡窗明几淨，牆上掛的錯覺藝術畫，是最近蔚為話題的藝術家作品。年輕的服務生手腳俐落，有時還會用穩重的眼神對我們投以守護的目光。

我啜飲一口咖啡歐蕾，回答理沙的問題。

「Something Four？我知道啊，就是從《鵝媽媽》來的嘛。」

理沙驚訝地說：「欸？是喔？」明明是她自己先提這話題的。

Something Four。

一樣舊東西，一樣新東西，一樣借來的東西，一樣藍色的東西。傳說新娘只要在婚禮上穿戴這四樣東西，就能獲得幸福。來自童謠《鵝媽媽》的歌詞，歌裡其實還唱到「鞋子裡要放六便士硬幣」，只是大家多半忽略了這句。

「不愧是小泰，好有幼稚園老師的架勢喔。唷！泰子老師！」

理沙開著玩笑打圓場，我無言望向窗外。

我們從高中感情就很好。

什麼都能跟對方說。

彼此分享各式各樣的事。

連「交不到男友的時間」都差不多長。

迎接三十歲那年耶誕節時，理沙說「要是到六十歲彼此都還單身的話，就住在一起吧」。我笑著回答「雖然不想，可是也沒辦法」。當然，最好是兩人都能幸運找到共度一生的伴侶，我也知道那種話只是沒對象的女性朋友之間常開的小玩笑，還不到「承諾」這麼嚴重的程度。可是到最後，我確實期待起那樣的未來。那已經是六年前的事了。

兩年前，在一間價格親民的義大利餐廳，理沙告訴我她有了交往對象。還說他們考慮結婚。我暗自心想「可惡——」。算起來，那時我們三十四歲左右，身邊出現第二波同齡朋友紛紛結婚的熱潮。

我想起高中時，學校舉行了馬拉松大賽，而我們兩人都不擅長跑步。明明自己說了「要一起跑喔」，靠近終點時，理沙卻一個人加快速度跑掉了。話雖如此，其實我並不在意那種事，馬拉松大賽什麼的，在我人生中根本不值一提。頂多就是留下「原來理沙是那種人喔」的傻眼記憶。

從理沙口中聽到「結婚」這個詞時，腦中閃過當年馬拉松大賽上她離我遠去的背影，好不容易才將「那太好了」之類的話語說出口。畢竟不管怎麼說，結婚都是一件值得祝賀的事。要是現在我笑不出來，理沙和我都太可憐了。

可是，看到理沙低下頭說「他正在協議離婚」那一刻，我忍不住嘴角上揚冷笑了。

「不過，他在認識我之前就跟太太分居——」打斷理沙這句話，我斬釘截鐵地說：

「不行不行，別跟那種男人在一起。他絕對只是說說而已，一定不會離婚的啦。都已經快三十五歲了，妳到底在搞什麼。」

我一股腦這麼說完，理沙又幽幽吐出一句：

「小泰，妳不懂啦。」

我無言以對。還以為我懂理沙的一切，也以為她懂我。

隔壁桌傳來叉子和盤子碰撞的哐啷聲。理沙視線從我身上移開，嘴上繼續說：

「真羡慕小泰，有一技之長，從事自己喜歡的工作。幼稚園老師拿到社會上也是很體面的工作，而且年紀愈大愈受信賴不是嗎？哪像我，只是個約聘行政人員。說不上有什麼專長，也沒有任何資格執照，整天提心吊膽，就怕哪天被炒魷魚。」

至今也不知道有多少人跟我說過類似的話了。什麼有一技之長真好啦、不怕沒飯吃啦、只要陪小孩子玩就能賺錢啦。真是的，開什麼玩笑。要是以為我在幼稚園裡只要唱唱歌、彈彈鋼琴、跟小朋友開心玩耍，等孩子們回家就可以下班的話，那可就大錯特錯了。說來或許很難讓人相信，有時工作就是多到必須帶回家熬夜才做得完。就算有新進的老師，那些年輕人動不動就鬧辭職。還有，比起園童，應付家長的抱怨和瑣碎要求更麻煩。

過去，這類牢騷我只會對理沙說。沒想到，現在就連理沙都跟我說那種話。另外，理沙口中埋怨的「約聘」工作，還不是靠她叔叔介紹才找到的。相較之下，我可是靠自己用功讀書，努力參加就職活動，才擁有現在的工作。說什麼「真羨慕小泰」，真不想被她說得這麼輕鬆。一個火大，我忍不住教訓起理沙。

「資格或執照這種東西，只是看自己要不要去考而已吧。理沙也一樣啊。只要現在開始用功，妳也可以擁有一技之長。用結婚來逃避，是不是想得太天真了？」

「不是這樣的……我對他──」

「既然對方還在協議離婚，就表示對方還有家室吧？這樣你們豈不是婚外情？他該不會用結婚當幌子騙了妳？」

理沙沉默不語。過了一會兒，又露出落寞的笑容。

「小泰果然不懂。」

我回答「對啊，我是不懂」，之後就什麼都不再說了。心裡想的是：對，我不懂，也不想懂。理沙自己還不是一點也不懂我，我也有種種煩惱啊。

那次之後，兩人之間陷入尷尬，彼此都不再聯絡對方了。

在那間義大利餐廳吵架，分道揚鑣一年後，理沙寄來的賀年卡上輕描淡寫地提到「他正式離婚了」。老實說，我真正的感想是「怎麼可能」。因為我以為他們絕對不可能順利的。上次都把話說得那麼死，我又怎麼好意思聯絡她，賀年卡就這樣放著沒回了。雖然一直把這件事掛在心上，特地去說「恭喜他離婚了」好像也很奇怪。

進入十月後，理沙打電話來說「決定要結婚了」，我們總算勉強和好。又過了一陣子，收到理沙的結婚喜帖，我回信表示會去參加婚禮，理沙就傳了封訊息來約我見面。於是，今天我們面對面坐下來喝咖啡。咖啡店擦得亮晶晶的窗玻璃外，落葉紛紛飛舞。

「Something Four的四樣東西裡，有三樣已經齊全了。舊東西是媽媽的珍珠項鍊，新東西是蕾絲手帕，借來的東西是姊姊婚禮上用過的長手套。剩下一樣藍色的東西怎麼也無法決定。」

藍色的東西。的確，很難想像怎麼在全白的新娘禮服上加入藍色配件。我打著壞心眼暗忖「乾脆帶著婚前憂鬱症去結婚好啦❶」。當然，這種話再怎麼樣也得告誡自己不可說出口。對我的腹誹渾然不覺，理沙微微往前探身，低聲說：

「聽說也可以穿戴外觀看不出來的東西，國外的主流好像是在禮服底下穿藍色的吊襪帶。」

「吊襪帶？」

「對，可是，我連吊襪帶長什麼樣都沒見過。」

理沙紅著臉說。吊襪帶又不是什麼猥褻的東西，這種「未經人事」的純真也是理沙的特色。

「嘗試看看有什麼關係，人生第一條吊襪帶。」

我笑著這麼一說，理沙立刻用力誇張搖手。

「才不要。嚴格說起來，藍色也不是我喜歡的顏色，總覺得很冷漠。」

「是嗎？我倒是很喜歡。有種符合倫理道德的正直氛圍。」

「很有小泰的風格呢。」

理沙「呼」的嘆口氣。一陣奇妙的沉默降臨，我不由得心頭一驚。顯然我們兩人都想起那次吵架的事了。好半晌的時間，我們迴避彼此視線，默默無語。閒得發慌的我咕嘟咕嘟喝完咖啡歐蕾，又把水杯裡的水也喝光了。

率先打破沉默的人是理沙。

慢慢喝口紅茶，理沙平靜地說：

「之前啊，我不是說『小泰妳不懂』嗎？」

「嗯。」

「那時用了瞧不起人的語氣，我很抱歉，心裡總覺得過意不去。」

「……不會啦。」

---

❶ 婚前憂鬱症的日語是日式英語「marriage blue」的片假名。

「我一直一直都認為小泰很厲害。從高中的時候開始，小泰就很清楚自己想做什麼，總在自己選好的道路上勇往直前。而我卻老是對什麼都迷惘，不是繞遠路就是在半途耽擱……我就是沒有啊，沒有期待的東西或激起內心熱血的目標。我頭腦不好，也說明不清楚，只是……那種事不是自己能決定的。例如想做這個、想要那個、想成為什麼樣的人，這些事該怎麼說才好呢？就像是宇宙賦予的願望。」

我很驚訝。第一次看到理沙用這麼強硬的口吻長篇大論。甚至引來一位坐在吧檯邊看體育報的男客朝我們這邊偷瞄。理沙激動的聲音大到讓人猶豫是否該出言提醒了。

「可是我啊，遇到他之後，第一次產生非常非常渴望這個人的念頭。或許真的違反倫理道德，可是，我無論如何都想跟這個人結婚。跟其他人就是不行。」

理沙雙眼閃閃發光，看起來就像被她口中所謂宇宙賦予的願望給操控。我一頭霧水，聽不懂她想表達什麼。自己想要的不是她想要的東西嗎？

「可是啊，人的欲望真的很強大呢。欲望帶來新的欲望，原本我以為自己只想成為他的太太，一旦這個願望實現了，接著又……」

一陣猶豫後，理沙壓低聲音但清楚地說：

「我想成為母親。」

太貪心了對吧？她聳聳肩這麼說。

「我都不知道自己是這麼貪心的女人，有點嚇到了。」

不知該如何回答是好。我還在找尋適當的話語，就聽到手機震動的聲音。理沙朝包包裡伸手。

「是博之打來的，抱歉，等我一下喔。」

說著，理沙站起來，拿著手機走到店外。我一個人被留在位子上，有點傻眼。那個叫博之的，應該是她的未婚夫吧。

理沙從以前就這樣。總是一副煩惱的樣子，最後卻都能輕鬆佔盡好處。我倆個性完全相反，為什麼我和理沙會成為好朋友啊？追根究柢，我們真的是好朋友嗎？我們一開始是怎麼培養出交情的？為什麼老是膩在一起啊？我到底喜歡理沙的什麼地方？

要是我的話，絕對不會把朋友丟著，自己跑出去講電話。

「搞什麼，竟然讓我在這等。」

低聲這麼一嘀咕，背後忽然傳來「不、不好意思」的道歉聲。回頭一看，是服務生端著水瓶站在那裡。他似乎正要來幫我加水。

「啊、不是的，我剛才不是在說你……」

服務生微微一鞠躬，朝水杯裡倒水。他的笑容就像剛洗好澡一樣充滿清潔感。年紀還很輕，跟我工作的幼稚園裡才來第二年的繪奈老師差不多大吧。氣質端莊，禮數周到，給人一種老派的感覺。

「剛才坐在這邊的我那個朋友，跟我講話講到一半就跑出去接電話，氣死我了。」

我如此解釋，服務生就一邊倒水一邊微笑說：

「可是，我倒覺得那位客人是顧慮到店裡其他人，才會出去講電話，是一種禮儀的表現呢。」

這回應出乎我意料。看在我眼中「沒有社會常識」的行為，從不同角度看反而是一種禮儀的表現嗎？

「……我一直都盡可能選擇筆直的路走，對別人也這麼要求……是不是做錯了什麼？」

「嗯……比起路直不直，我認為即使走在彎曲的道路上仍努力勇往直前，那就夠了。」

被他這麼一說，我不經意回憶起當年的馬拉松大賽。想起在靠近終點的彎道上，忽然加快速度往前跑的理沙。那時，當年的數學老師就站在路旁。現在想想，那是一個獨裁到誇張地步的老師，總是用輕蔑態度對待學生的膚淺傢伙。看到我下課時間都和理沙在一起，那個老師就在經過理沙身邊時對她說：

「別把妳的笨頭腦傳染給泰子，離她遠一點。」

聽到老師這句話，理沙只是嘻皮笑臉。可是仔細想想，後來只要一看到那個老師，理沙就會從我身邊走開。老師那句話，對我來說不痛不癢。或許因為我也瞧不起那個老師，認為他什麼都不懂吧。然而，理沙一定非常受傷。所以她才會從我身邊跑開，拚命跑開。這麼理所當然的事，至今始終未曾察覺的我才是笨蛋。

「站在對方的立場想很難呢……」

「是啊。可是，就算想得不對，為對方著想的心意或許還是能傳達。再說，有時光是想像對方的心情就很愉快了。」

服務生這麼說，像想起什麼似的，自己咧嘴一笑。

真是個單純的孩子。世上也有這種形式的直率啊。我微微一笑，喝下他倒的水。

「祝你能和『光是想像對方心情就很愉快的那個人』進展順利喔。」

我這麼一說，服務生瞬間漲紅了臉。

理沙回來了。

「抱歉。其實今天早上博之的奶奶跌倒受傷。一開始說可能骨折，幸好去醫院檢查後只是挫傷。休息兩天應該就沒事了。因為他的奶奶自己一個人住，所以我也很擔心……還好沒有大礙。」

原來如此，難怪她不管怎樣都得接起這通電話。

「理沙不用去醫院陪病嗎？」

「嗯。博之說這是我和重要朋友的約會，要我還是來赴約。因為，我今天無論如何都想和小泰見面。」

似乎放下一顆心，理沙露出天真無邪的笑容。能坦率說出這些事的理沙，對我而言太耀眼了。

我從學生時代人緣就不好。說被討厭或許言過其實，但大家確實都跟我保持距離，不然就是很怕我。人緣已經夠差了，我還經常被迫當班長。就算沒主動提名自己，老師也會指名我。既然擔起這個責任，那就得好好做。結果造成大家對我更加避之唯恐不及。指責不好好打掃的男生或提醒課堂上講話的女生到底有什麼不對，我真的不懂。

在我為數不多的戀愛經驗中，男人離開我時也都會說「和妳在一起感覺無法呼吸」、「最討厭妳老是說那些大道理」。

可是，只有理沙不一樣。

理沙很遲鈍，不會表達主見，又是個愛哭鬼。偏偏不知道為什麼，她既不會躲我也不會怕我，總是毫無心機地對我敞開心扉，一天到晚跟在我後面喊著「小泰、小泰」。和小泰在一起最安心了。只要是跟小泰，我什麼話都能說。因為小泰絕對不會在背後說人壞話嘛。小泰也不是會找藉口說謊的人。

這樣的理沙，和不知為何總是黏在我身邊的孩子們很像。面對用誇張語氣哄小孩，大聲說「好可愛！」的大人時一笑也不笑的小孩，不可思議的卻會對我伸出手。所以，我才想從事這份有孩子們圍繞的工作。想教導孩子們如何像我一樣在人生道路上勇往直前。因為對我來說，和偏離正道的大人在一起很痛苦。

「理沙抱歉，十五分鐘……不、十分鐘就好，在這裡等我一下好嗎？」

我衝出大理石咖啡店。過橋後往車站方向走一小段路的地方，有一棟住辦混合大樓，記得在那裡看過內衣店的招牌。我全力往那棟大樓狂奔。

如果是我，才不會喜歡上已婚男人。

如果是我，才不會覺得吊襪帶有什麼好羞恥的。

如果是我，一開始就不會想要湊齊什麼Something Four。

可是——

如果是理沙，如果是理沙──

抵達目的地的大樓，我走進位於地下樓層的那間店。燈光調暗的狹窄店內，只有一位捲髮女店員。我要找的不是吊襪帶，而是內褲。聽說這裡的商品，每一款都只有獨一無二的一件。

深藍色。水藍色。這些都很漂亮，可是不對，我要找的不是這個。有了，我要的藍色。可是不是有圓點圖案，就是用了太多蕾絲……不是這種的。

不經意地，在結帳櫃檯旁展示櫃裡發現一件光澤動人的內褲。

「請問，可以看看這件嗎？」

店員笑咪咪地從展示櫃裡拿出內褲。

「這件是真絲的，觸感很好喔。」

我想找的就是這種高雅簡單的設計，幾近清高的皇家藍。就是這件了。

「是啊……這是要送給重要朋友的禮物，請幫我包裝。」

「好的。」

說著，店員把內褲裝進蛋糕盒一般的禮盒。

「太開心了，這件是我最有自信的得意之作。」

包好之後，將商品裝進印有店家商標的紙袋，遞到我手中。

「包好了，給您。這件內褲的商品名稱是『MARIA』。」

聽到這個名稱，我屏住呼吸。

「MARIA……？」

「對，藍色是聖母的顏色。德蕾莎修女的修女袍上不是有藍色的直條紋嗎？那個就是象徵聖母MARIA。」

……也太剛好了吧。我忍不住笑著接過商品。

聖母，母親中的母親。藍色可不是冷漠的顏色喔，理沙。

跑回大理石咖啡店時，理沙正看著窗外發呆。

我氣喘吁吁地在理沙對面坐下。

「這給妳。可以穿在看不見地方的Something Blue。是內褲喔。要是不好意思穿吊襪帶，內褲總可以吧？送妳。」

「……咦？妳剛才是跑去買內褲了嗎？」

「對啊，怎麼，有意見嗎？」

哎呀，為什麼又用了這種自以為了不起的口吻說話。明明只是想掩飾難為情。不過，理沙只是嘻嘻一笑，收下紙袋。我心想，她的這個笑容不知道拯救過我多少次。

「欸——真難得耶，小泰會做這種沒有計畫性的事。」

都說是內褲了，理沙卻一點也不在乎周遭目光，當場窸窸窣窣拆起包裝。一看到那條藍色的內褲，又發出「哇」的驚嘆，從盒子裡拿出來。

「好美……謝謝妳，這樣就湊齊四樣了。」

雖然沒想到她會在這種地方把內褲攤開，看到理沙開心的笑容，我也高興了起來，於是我這麼說：

「小孩子啊，是很難應付的喔。」

理沙手上還拿著內褲，朝我抬起頭。我接著說：

「很難應付，又很可愛，很好玩，很脆弱，又很堅強。以為眼睛和手都不能離開他們片刻，他們自己又在一轉眼之間長大了，比我們想像中的更懂事。真的，那些小鬼全都是怪物。」

我凝視默默聽我說話的理沙，眼神直視著她說：

「所以，妳就做好心理準備去渴望擁有孩子吧。貪心又有什麼關係。想成為母親哪裡錯了嗎？成為一個貪心的女人，和博之先生盡情相愛，讓孩子快點來到妳的肚子裡吧。」

理沙緊緊抓住內褲低下頭。嘴角下垂，睜大雙眼，臉上浮現好像對什麼生氣的表情。這個表情我很熟悉。我知道，她是為了不讓眼淚掉下來。

「理沙。」

我一喊她，理沙就抬起頭。

「恭喜妳。」

面對終於說出口的我，理沙也終於皺著一張臉哭出來。

婚禮結束一星期後，理沙從蜜月旅行的雪梨寄來明信片。

「很幸運，這邊天氣晴朗，沒有比這更開心的旅行了。天空真的和明信片上的照片一樣美喔！」

：整張明信片上都是一望無際的澄澈藍天。我將那美麗的藍色，用圖釘牢牢釘在牆壁上。

5 相遇

[Red / Sydney]

要是走散了，就去長頸鹿前面等。先這麼決定後才一起逛的，我卻一下就找不到博之的身影，已經在這裡看長頸鹿看了十五分鐘。

塔朗加動物園是澳洲最大的動物園。二十一公頃到底有多大，我一點概念都沒有。因為實在太大了，也提不勁去找他。導覽手冊上說，這裡有超過三百四十種動物。長頸鹿是從入口走進來的第四種。想逛完一圈整座動物園得花上一整天，要是我繼續在這等下去，不就看不到其他動物了嗎？無尾熊在睡覺，袋鼠和澳洲鴕鳥都還沒看到。

十二月的雪梨正值盛夏，雖然不像東京那麼悶熱，乾爽氣候中的陽光還是相當強烈。我把帽子壓低，喝口寶特瓶裡的氣泡水。

塔朗加動物園旁邊就是海，我們今天早上從一個叫環形碼頭的地方搭郵輪過來。長頸鹿柵欄另一頭的遠方看得見雪梨灣，再過去則是密密麻麻的高樓大廈。長頸鹿、海、高樓大廈，組成一幅不可思議的景色。

昨晚，我們在城裡的日式餐廳拿到一本免費日語情報誌。那本雜誌叫《*CANVAS*》，與其說是給觀光客看，不如說是專門給住在雪梨的日本人看的雜誌。我盡可能移動到太陽不會直曬的地方，攤開這本《CANVAS》。

上面介紹著耶誕專題。這麼說起來，下週就是耶誕節了。

『澳洲的耶誕老人是衝浪來的？』

這句話旁邊配著站在衝浪板上，身穿紅色泳衣的耶誕老人插畫。他甚至還戴著太陽眼鏡。對喔，這裡正值盛夏。總覺得這個耶誕老人看上去有點輕浮，忍不住笑起來。

不過他也真辛苦。要是乘坐雪橇，至少有馴鹿幫忙運送禮物，站在衝浪板上的耶誕老人要是運動神經不夠好，可就很難勝任了吧。不只禮物不能弄濕，一個人渡海未免太寂寞。

如果我是耶誕老人，一定沒辦法被派來澳洲工作。衝浪板什麼的，我根本沒玩過。一邊想著這些有的沒的，一邊視線左顧右盼，尋找博之的身影。

博之是個好人。他在我透過人力派遣找到的第三份工作那間公司當課長。個性溫柔，不討厭做家事，對金錢不吝嗇。就算我搞砸什麼，他也不會講難聽話挖苦我。去餐廳吃飯不會對服務生擺架子，這點也很棒。討論蜜月旅行要去哪裡時，我說「想去雪梨」，他也立刻說「不錯耶，我來找一下資料」。不是回答

「哪裡都好」，也不是「雪梨那種地方不行」。而且他還真的「找了一下資料」，蒐集了好幾間旅行社的出團計畫。真的很細心。

舉行婚禮當天早上登記結婚，婚禮結束後馬上搭飛機出發。因為第二天才抵達雪梨，等於我成為博之的妻子才三天。妻子。我成為了妻子。博之的。這麼一想，內心深處就湧現一股大大的安心感。然而，同時也陷入同樣程度的不安。不安侵蝕著我。

把《CANVAS》雜誌捲起來收進包包，看一眼手錶。二十分鐘過去了，博之還沒來。

長頸鹿猛地垂下脖子。脖子這麼長很不方便吧。感冒喉嚨痛的話，會從哪裡痛到哪裡呢？像接了一堆假睫毛的眼睛眨啊眨的，彷彿聽得見睫毛搧動發出啪刷啪刷的聲音。從剛才開始，兩隻長頸鹿就無所事事地站在旁邊，既不聊天（廢話）也不看對方，只偶爾吃吃葉子，看看遠方的高樓大廈。

「哎呀，好時髦喔。」

背後傳來這個聲音，回頭一看，說話的是位個子嬌小的老奶奶。還有一位身高跟她差不多的老爺爺，笑咪咪地站在旁邊。

她口中「好時髦」指的當然不是我，似乎是在稱讚長頸鹿。

「身上的圖案也很漂亮，不過這尾巴更有品味呢。」

「看起來也像戴著王冠。」

老奶奶和老爺爺交談的內容令人聽了心頭一陣暖洋洋。沒記錯的話，在成田機場大廳也看過他們兩位。行李箱上掛的吊牌跟旅行社發給我們的一樣，應該是參加同一個旅行團的團友，是一對看起來很幸福的夫妻。或許察覺我欣羨的目光，老奶奶對我微微一笑。

「午安。我們搭同一班飛機來的呢。」

「是啊。」

「跟妳一起來的人呢？」

「跟您說，我們走散了。」

我不好意思地低下頭。

「哎呀，這樣啊。你們是新婚夫妻？」

「剛結婚第三天。」

這樣啊、這樣啊。老奶奶和老爺爺笑著異口同聲。不只身高相近，他們連長相都很像。就像兩顆相親相愛擠在殼裡的花生米。

「在這麼大的動物園裡迷了路，找起來可費勁了。」

「沒關係，我們先前就約定好，如果迷路就到長頸鹿前面會合。只要在這裡等，總會等到他的。而且他經常這樣，一轉眼就看不到人了。」

我自嘲地笑了笑。

沒錯。博之雖然是個好人，有時就是太隨性到難以捉摸的地步，讓我很困惑。平常愈溫柔，被他丟下時就愈錯愕茫然。內心隱隱掀起一陣不安。心想，其實他根本沒有那麼喜歡我吧。

明知最好不要這麼想，可是，他還有另一個會喚起我內心不安的要素。那就是「離過婚」。我一直說服自己，認識之前他就跟前妻分居了，所以這不算搶人老公。

當時我心想，絕對要跟這個人結婚。有生以來第一次產生如此熱切的心意。當這個心願終於實現時，我卻又不經意地產生新的疑問，他跟前妻的婚姻生活為什麼會失敗？總覺得這是不能問博之的事，我自己也不想知道。要說跟我無關的話，那確實是跟我無關的事。

可是，他和前妻最初一定也相愛過才結婚的吧？在婚禮上對彼此發誓過要貫徹「永恆的愛」吧？既然會結婚，就表示兩人之間曾牽繫起命中注定的紅線，為什麼世上還有那麼多夫妻離了婚呢？誰也不能保證我和他不會走到那一步。

聽見一陣喧鬧的聲音，幾個貌似小學生的男孩跑了過來。應該是當地小孩，喊著我不懂意思的英語揚長而去。不管怎麼喧譁，或許因為佔地廣闊的關係，一點也不覺得吵鬧。即使通道都是鋪整過的路，在動物和樹木花草圍繞下，感覺就像身處大自然。這裡就是個小型叢林。

「一轉眼就看不到的人，也會在不知不覺中回來吧？」

老奶奶這麼說。我抬起頭。

「話是這麼說沒錯，可是，連來雪梨都這樣，我不免有點不安。」

「說的也是。不過，也可能正因為來到這裡，他太開心了，周遭的一切看在眼裡都好新奇，在好奇心驅使下到處都想看看，就這樣跑得不見人影了嘛。」

老奶奶笑呵呵地說。看著那溫柔的眼睛，我覺得心裡的結都被打開了。

「兩位結婚幾年了？」

「我們啊，今年五十週年。這趟旅行就是為了紀念這個喔。獨生女送我們出國當禮物。好像是差不多兩年前吧，小P她……喔喔，小P是我女兒啦，兩年前她來雪梨參加兒時玩伴的婚禮，回去後就一直說這個城市有多好。」

老奶奶微微一笑，老爺爺的嘴角也以幾乎同樣的角度上揚。我說：「真是個孝順的女兒！」老奶奶更叨叨絮絮地說起來。

「那孩子啊，在東京經營內衣店喔。她從小手就巧，尤其喜歡裁縫，連洋裝都能自己做。後來說什麼覺得內衣很有意思，現在在賣自己設計的內衣，每種款式都只有一件，像是胸罩啦、內褲之類的。下次妳可以去逛逛喔。」

好的。我點點頭。一想到從這嬌小的老奶奶身體裡竟誕生了另一個人類，就覺得好不可思議。那個剛出生的小嬰兒學會了走路，小女孩又長成了大人，現在不但送父母出國旅行當禮物，還經營著一家店。如果眼前這兩位沒有結合，她甚至不會存在這世界上。

真教人驚嘆。人誕生在世界上，是這麼厲害的一件事。

跟在幼稚園當老師的好友小泰說「我想要孩子」時，她是怎麼跟我說的來著？「做好心理準備去渴望擁有孩子吧」？在遇見博之前，我連一次都沒想過要當母親。可是，和博之走到要結婚這一步時，我第一次有了這樣的念頭。如果是博之的孩子，我想見一見。

過去的我，從來沒有渴望過什麼。「喜歡」、「想要」之類的情感，對我而言就像擅自從遠方發生的事。那是一種才能，而我無緣擁有這種才能。所以，發現自己這麼喜歡有妻室的博之，甚至想生他的小孩時，我嚇了一大跳。只有一種解釋能說明這欲望從何而來，結論就是，博之是我的「真命天子」。所以，我才會這麼擔憂，「萬一他不是我的真命天子」怎麼辦？

我抱著讚賞的心情說：

「五十年來感情都這麼好，兩位之間一定牽著命中注定的紅線。」

瞬間，老奶奶一臉正經。

「命中注定的！」

老爺爺立刻接著說：

「紅線！」

然後他們面面相覷，哈哈大笑。

「竟然說什麼命中注定的紅線啦，這位小姐還真浪漫！」

老爺爺這麼說。不是用輕視的口吻，反而一副很感動的樣子。老奶奶也難為情似的搖搖手。

「我們才沒有五十年來感情都很好咧。當然啦，這些年來也發生過各種事。只是以結果來說，就這麼過了五十年。」

「所以你們也有想過要離婚嗎？」

「有啊，怎麼沒有，還好幾次呢。就連接下來會怎樣也很難說喔。」

怎麼這樣。結婚就是這麼回事嗎？

「……永恆的愛，是不是很難啊？」

還以為他們又要一人一句「永恆的！」「愛！」，結果這次，兩人都沒有笑。

「是啊，那既是非常困難的事，有時也非常簡單。只要決定去愛，那就是愛了不是嗎？愛本來就是這麼自由的東西喔。」

老奶奶朝長頸鹿轉頭。大隻一點的長頸鹿，依偎在另外一隻長頸鹿的脖子上。

「或許因為這樣，人類才要特地在婚禮上誓言永恆的愛吧。」

動物就不會特地去做這種誓言。兩隻長頸鹿脖子輕輕相碰，為彼此理起鬃毛來。

「理沙！」

忽然聽見喊我名字的聲音，轉頭一看，博之不知何時站在後面。

「抱歉，因為很有趣，一個不小心就走太快了。那邊有鴨嘴獸喔。聽說牠們不太會出現在人前，今天運氣似乎不錯，剛才看到出來游泳的鴨嘴獸。等一下理沙也一起過去看看嘛。」

博之雀躍得臉都發紅了。明明被他丟下覺得很寂寞的，一看到博之這張笑臉，我還是原諒他了。

老奶奶笑著對博之說：

「你就是第三天的丈夫吧？你好。」

被莫名說了這種話，博之還是大大方方回應「您好」。我每次都覺得，他這點實在很了不起。

「在等你的時候，他們兩位陪我聊天了。」

我這麼一說，博之就向他們鞠躬致意：「真是太感謝了。」然後，看了看老奶奶，又看了看老爺爺，博之開朗地說：「兩位長得好像喔，簡直像是雙胞胎！」

才剛見面就說這麼失禮的話，聽得我提心吊膽。可是，老爺爺卻大笑回應「經常有人這麼說」，我這才鬆了一口氣。

博之一下子就和他們打成一片，用熟稔的語氣問：

「夫妻果然還是會愈長愈像嗎？或者兩位一開始就很像了？」

老爺爺慢條斯理地回答：

「不知道耶，與其說愈長愈像，不如說變得一樣了。」

「喔喔，您的意思是興趣嗜好、喜歡的口味等等？」

「不是這個意思……感覺就像她慢慢變成我，我慢慢變成她。」

總覺得他好像說了很深奧的話，我嚥下一口唾沫。博之也很感興趣似的說：

「好有哲學味道喔。」

「總之，你們就好好期待五十年後吧。」

老爺爺發出愉快的呵呵笑聲。

「變得一樣的意思，是指一心同體嗎？」

我不放棄地追問，老奶奶捧著臉頰說：

「那樣可能會有點痛苦喔。該怎麼說才好，總覺得啊……說這種話或許有點奇怪，但是不知從何時起，連自己都驚訝怎麼彼此竟然沒有血緣關係。」

博之說：「畢竟兩位是這麼的像嘛。」老奶奶搖搖頭。

「不，長得像不像一點也無所謂。是會忽然發現『欸？原來我們沒有血緣關係啊？』族譜不是都會標明一等親、二等親之類的嗎？現在每次看到那個都會嚇一跳。我跟這個人竟然是零等親？感覺難以置信。我們的血緣不是比世界上任何一個人更濃嗎？會這麼想喔，連自己的身體都產生這種錯覺了。」

「哇，好厲害喔！連基因都產生錯覺了啊？」

博之笑出聲音，我卻胸口一陣激動，笑不出來。

命中注定的紅線。那不只是綁在彼此小指之間的一條紅線，其實是穿梭在彼此體內錯綜複雜的血管吧。不用特地在手指上綁一條線去拉近彼此，只要一起經歷過各種事，流過彼此體內血脈的紅線就會相互共鳴。或許人們尋尋覓覓的，就是如此特別的對象。

我抬頭看博之那張討人喜歡的側臉。五十年後，不知道會變成怎樣。可是現在，我希望五十年後仍和他在一起。

讓我如此祈願的人就在身邊笑著，我發現這一瞬間比什麼都重要。這些共度的時光，將漸漸形塑出我們的模樣。

與我四目相接，博之露出微笑。我感到一陣熱血沸騰。沒問題，我確實擁有愛人的「才能」。這樣就好。我對自己點頭，因為覺得自己很幸福。

不必是真命天子，不必是永恆的愛，也不必特地發出誓言。

6 半世紀羅曼史

[Grey / Sydney]

早安，今天又是個好天氣呢。你也來用餐嗎？

在飯店的露天咖啡座吃早餐，真教人有些坐立難安。不過，偶爾趕個流行也不錯。

跟你介紹一下，坐在我對面，正津津有味大啖培根炒蛋的人叫進一郎。他是我先生。

噯、你願意聽我說嗎？我們結婚五十年了。

昨天，在塔朗加動物園遇到一位新婚小姐，她說「五十年來感情都這麼好，兩位之間一定牽著命中注定的紅線」。啊、對，五十年了呢。被她這麼一說，我才忽然好感慨，自己都嚇了一跳。仔細想想，我們除了蜜月旅行去熱海住了一個晚上，因為進一郎工作忙碌的關係，這還是第一次兩個人一起出國旅行。女兒說為了慶祝我們金婚，送我們這趟旅行當禮物，對啊，沒有比這更幸福的事了。

我們只有一個女兒。名字叫尋子，尋子雖然是漢字，幼稚園時還是用片假名寫名字。她把「ヒロコ❷」的「ロ」寫得太小，看起來很像「ピコ❸」，同學們就

叫她「小P」了。因為很可愛，感覺像小鳥一樣，我也就這麼叫她。

其實我啊，原本想要更多小孩。可惜負責飛我家的送子鳥好像迷失了很久的方向，就在我差點放棄的時候才終於來敲門。小P來到我們面前時，我都已經三十六歲了。這樣的小P今年三十六歲，和當年的我同年，想來真是不可思議。如果三十六年前的我搭時光機來跟小P見面，不知道會說些什麼。我們說不定能成為好朋友。那孩子每次長大一點，我都會心想，就算她不是我女兒，我一定也會喜歡這個人。好幾次都這麼想。

小P說她早就想好要送我們出國旅行來慶祝金婚，差不多存了十年的錢。是要逼哭我嗎？她兩年前來雪梨參加兒時玩伴敦子的婚禮，順便到處觀光，回去之後就一直說這裡很棒，還說爸媽如果要出國就去雪梨吧。那時，她還在服裝公司上班，似乎也就是那段時間動了要自己創業的念頭。現在她自己開一間內衣店

❷ 讀音 HIROKO。

❸ 讀音 PIKO。

喔，雖然是自己女兒，還真覺得了不起。

對了對了，小P的店開在河邊，從那裡走一小段路，過橋後有一間小小的「大理石咖啡店」。在那裡工作的是個叫阿航的可愛男孩。我擅自想像自己要是有兒子，大概就像他這樣吧，於是跟他閒聊了許多，變成好朋友。

就在不久前，我去大理石咖啡店時，阿航問我：「您知道秋天的櫻花是什麼意思嗎？」你也知道我的興趣是園藝嘛，他大概以為我懂很多關於植物的事。所謂秋天的櫻花，大概是指大波斯菊吧。畢竟這種花的漢字也可以寫成「秋櫻」不是嗎？我這麼告訴阿航，他嘴上雖說「原來是這樣啊」，臉上還是一副難以理解的表情。原來啊，他在店裡裝飾了耶誕樹，讓客人像寫七夕紙條一樣把願望寫在紙條上掛上去。結果，其中一位客人只寫了一句「秋天的櫻花」。我一看到阿航的表情，立刻就明白了。他一定喜歡那位客人。

你知道嗎？秋天的櫻花。會是什麼呢？好像腦筋急轉彎喔。

「這什麼，好像巧克力喔。」

我默默看著進一郎把那咖啡色的抹醬塗在麵包上。那瓶抹醬放在果醬旁邊，黃色瓶身上的標籤用英文寫著名稱，只是我看不懂。

咬一大口麵包，進一郎露出困惑的笑容。對對對，我就是想看他這個表情。呵呵，因為我剛才也不小心吃了這個。還以為是甜口味的抹醬，吃起來卻鹹鹹的很奇怪。我是無法接受這個味道啦，不過，凡事都要嚐個鮮嘛。所以我故意什麼都不告訴進一郎，讓他直接吃吃看。

我只吃一口就放棄，進一郎卻勇往直前地朝第二口、第三口邁進，似乎漸漸克服了這個考驗。

「起初沒想到會是這種味道，嚇了一跳，可是習慣之後，這味道意外有意思。」

也是啦。進一郎就是這麼所向無敵。我把印在黃色瓶身上紅底白字的商品名稱抄在行事曆手冊上。VEGEMITE。

「貝格米帖？」

進一郎歪著脖子用羅馬拼音的發音讀出這個字。啊、這麼說起來，小P好像有提過這件事。說澳洲有一種外表看起來像巧克力醬，吃起來味道卻鹹鹹的健康食品。沒記錯的話，應該是唸「維吉麥」才對啦。看上去甜甜的，嚐起來卻鹹鹹的，簡直就像人生。

我啊，只要一看到正在吃東西的進一郎，就會產生一股安心的情緒。因為他真的任何食物都會吃得很珍惜。無論遇上多難過的事，只要吃東西的時候一定微笑著慢慢品嚐。儘管或許有各種煩惱，每天抱著對食物感恩的心情吃著吃著，好像也就熬過去了。這麼一想，我也能打起一點精神。

至今我們究竟像這樣坐在一起吃了幾次飯呢？還能在一起吃幾次飯呢？

我們姑且算是戀愛結婚的。我在進一郎任職的建設公司擔任會計。嗯，是個差不多只有十二名員工的公司。只有我一個女生，萬綠叢中一點紅，當然滿多人追求嘍。說是會計，其實什麼事都要做。幫大家泡茶就不用說了，打掃啦、跑腿啦，有時還要捏大量飯糰。怎麼形容好呢？或許可以想成運動社團的經理？現在回想起來，那段時光或許就是我的「青春」。

進一郎非常非常老實認真，個子小又不愛出風頭的他，行事作風很低調。就算有人拿進一郎努力工作的成果當成自己的功勞，他也只會待在角落靜靜微笑。他就是這樣的人，我都看不下去了。「為什麼不多求表現呢？」有一次，我用半是生氣的語氣這麼說他。結果進一郎卻無關緊要似的說：「光憑我一個人也辦不到啊，反正都能為公司帶來利益，是誰的功勞都一樣吧。」年輕的我心想，這男人肯定無法出人頭地。當時，我喜歡強壯可靠的人，正和公司裡個子最高大，聲音最宏亮，最有領袖氣質的陽介交往，一心以為就會那樣跟他結婚了。

可是啊，社長看上了陽介，要他娶自己的女兒。簡直就像廉價肥皂劇的情節，我被毫不留情地拋棄了。

我哭了又哭，明明自己沒有做錯什麼，總覺得在公司裡待不下去，正打算遞辭呈時，進一郎對我說：「我們結婚吧。」

不是「請跟我交往」，是「我們結婚吧」喔。我以為他是在同情我，忍不住很想講難聽話。「和你這麼不起眼的人在一起一點意思也沒有。我啊，喜歡帥氣的男人。」那時，我的心很黑暗，只想傷害溫柔的進一郎。可是，進一郎不但沒有表現出受傷的樣子，也一掃平時客客氣氣的態度，咧嘴一笑，理直氣壯地這麼回答：

「我會變帥的喔。我答應妳。或許現在還很不起眼，上了年紀之後，一定會成為有著一頭浪漫灰髮的美男子❹。」

我聽得都傻了，好半晌說不出話，只能盯著進一郎的笑容看。然後，在腦中想像。想像上了年紀之後，成為老爺爺的進一郎是什麼樣子。連自己都感到驚訝的是，我輕易就能想像得到。

啊、這個人一定真的能成為有一頭浪漫灰髮的帥氣老爺爺。和這個人在一起，我絕對不會陷入不幸。那甚至已超越了想像，我在心中如此確信。

於是我辭去工作，嫁給進一郎。十年後，建設公司社長病倒了。但是，他沒有把公司交給陽介繼承，而是託付給進一郎。陽介和社長女兒似乎相處得不好，結婚不到三年就沉迷賭色，很快離婚了。當然，他也辭去了公司的工作，沒有人知道他的下落。後來社長女兒再婚，聽說嫁給和公司無關的人，是自由戀愛的對象。

社長過世後，進一郎拚命尋找陽介。好不容易找到打零工度日的陽介，進一郎低頭拜託他回公司一起打拚，把事業做大。其實就算不拜託陽介，當時公司已經發展得很順利，但是進一郎一直放心不下陽介，又怕「可以雇用你」的說詞會傷害陽介的自尊心。陽介一定也明白各種狀況，不過他仍對進一郎低頭說「我才該拜託你」。我啊，覺得這樣的進一郎和陽介真的都很棒。

陽介回來後，公司更加壯大活躍，成長為一間大公司。可是進一郎始終沒變，還是那麼正直又謙虛，總是面帶微笑。不管面對地位再高的人，他都不會卑躬屈膝，面對初出茅廬的新人，他也不會自以為是。

❹原文的浪漫灰是Romance gray的片假名。此為日式英語，意指具有魅力的中老年男性花白的髮色。

我在想，真正的謙虛來自真正的自信，真正的溫柔則來自真正的堅強。

大概是五年前吧，我忽然發現，哎呀，進一郎的頭髮不知何時變得這麼白……不、是美麗的浪漫灰啊。

「請再給我一杯咖啡。」

吃完早餐，進一郎向服務生這麼開口。這裡的工作人員也有日本人，似乎讓他很放心。「好的！」一位將黑色長髮綁在腦後的年輕服務生給了精神抖擻的回應，手上的亮綠色手環非常適合她。剛認識進一郎時，我好像也差不多那麼大。想起當年把茶杯遞給進一郎，對他說「請喝茶」的自己。

「進一郎，你都不會說謊呢。」

我這麼一說，進一郎就眨了兩下眼睛，然後很開心似的呵呵笑起來。「妳在說什麼啊？」

我好像說太多話了。飯都是我在吃，話也都是我在說，真是不好意思。你肚子一定餓了吧？要不要來點麵包？

正想伸手拿麵包，剛才那位服務生走了過來，一手拿著咖啡壺對我說：

「這隻鳥是澳洲小鸚鵡喔，顏色很鮮豔吧？」

臉是藍色，胸口是橘色，翅膀是綠色，脖子上還有黃色的線條，看似圍了圍巾。真的耶，你怎麼這麼色彩繽紛哪？

這時，進一郎突然說：

「美佐子，好漂亮喔。」

哎呀，討厭啦。突然說這種話，都這把年紀了，我的心還跳得像在演奏豎琴。進一郎已經幾十年沒跟我說過這種話了……不、就連新婚時期也沒說過吧。我又喜又羞的，噙著嘴唇抬眼一看，才發現進一郎的視線放在鸚鵡身上。

他口中的「好漂亮」，是稱讚我還是澳洲小鸚鵡啊？

好吧，沒關係啦。我看了看顏色鮮豔的澳洲小鸚鵡，又看了看一如往常沉穩微笑的進一郎。心裡想著一件事，不會說出口就是了。

對我來說，絕對是進一郎的浪漫灰更好看。

7 倒數

[Green / Sydney]

每次被問到為什麼來澳洲，聽我回答「來畫綠色」時，大家都不知如何回應。

有只說一句「喔、這樣啊」就說不下去了的人，也有硬要問出理由與目的的人。

「妳說的綠色，是指植物對吧？」最常被問的就是這句話，聽到我糾正「不、就是綠色」，對方又會歪頭詫異地說：「欸？就是顏色而已？」

雖然不太容易獲得理解，但我愛的，就是綠色本身。

即使如此，偶爾還是會有毫無窒礙接受我這說法的人。不久前，在我打工那間飯店餐廳裡遇見一位老婦人。一聽我說「是來畫綠色的」，她就不假思索地問：「哎呀，妳是畫家啊？」沒那回事啦，我怎麼會是畫家，只是喜歡畫圖而已。這麼一否認，她又微笑著說：「不、畫圖的人都是畫家啊。跟有沒有收取報酬無關。」

那是一對看起來感情很好的老夫妻，好像說是女兒送他們來雪梨旅行，當作慶祝金婚的禮物。我從來沒想過自己是「畫家」，只是人生經驗豐富的老婦人這麼說的話，好像也真像那麼回事了。

今天是除夕，彷彿專程為這天打造似的，是個大晴天。

雪梨有一本名為《*CANVAS*》的免費情報雜誌，以當地日本人為主要對象。我曾接受雜誌官方網站上「打工度假體驗記」專欄採訪。以前不太讀情報誌的我，後來開始每期都索取。

其中我尤其喜歡的，是一個叫MACO[5]的人寫的連載專欄。內容多是關於日本與澳洲的文化差異，還會介紹英語會話例句。這個月，她寫的是與跨年有關的事。

在雪梨，跨年倒數的瞬間，雪梨港灣大橋上會施放盛大煙火。數不清的煙火同時施放，填滿了整片天空，倒映在鏡子一般的雪梨灣海面上，也將四下照得光輝燦爛。文章裡還寫到，聚集在此的人們會彼此擁抱親吻對方。

❺與真子的發音Mako相同。

不過，那種事與我無關。我早就打定主意跨年時不外出，獨自在公寓裡度過。我既沒有親吻的對象，也不想被陌生人親吻。

帶著素描本與畫具，今天也一如往常來到皇家植物園。這座公園名叫皇家植物園，人們多半直接稱它植物園。佔地廣闊，要是真心想逛完全部，大概得花上整整半天工夫。園內有茂密的樹木、各式各樣盛開的花，還能看到倒吊枝頭的蝙蝠，紅色觀光電車穿梭其中。沒想到在這辦公大樓林立的地帶，竟有這麼一個美妙的地方。

途中，我繞到中意的三明治店，買了雞肉三明治與檸檬水「Take away」。國中英文課學到「外帶」的英文是美式的「Take out」，屬於英國圈的澳洲則說「Take away」。和平常一樣，身穿橘色圍裙的大叔對我伸出大拇指，眨了眨眼，用澳洲腔說：「Good day！」

為了不輸給盛夏的陽光，帽子和太陽眼鏡是必需品。不過，一在大樹下坐定位，脫掉帽子和太陽眼鏡的那一刻起，才是我最幸福的時光。

喝一口檸檬水。曬到太陽的時候皮膚像是要燒起來一樣，進入樹蔭底下的瞬間，彷彿事先準備好的清涼感便將我團團包圍。雪梨灣清爽的藍為視野帶來涼意，我心滿意足，打開素描本。

在紙調色盤上擠出顏料。黃色和藍色。隨我所感受到與想到的方式調出綠色，畫在紙上，享受筆的觸感，嗅聞公園裡的空氣與樹木、樹葉及顏料的香氣，看著自己的世界逐漸染成綠色。啊、好幸福。

「……嗎？」

總算察覺有人在跟我說話，我猛地回過神來。不知何時，一個身材纖瘦，有著清爽褐髮的男孩出現在我身邊，正彎下腰窺看我的臉。

「欸？」

「這個，是妳掉的嗎？」

他遞出一條手帕，笑得五官都皺在一起。我放鬆了警戒心。

「啊、不好意思，那是我的沒錯。」

我急忙站起身接過手帕。剛才邊走邊擦汗，以為有把手帕收進後背包的側袋，大概是沒放好掉出來了。

「謝謝你。」

我向對方道謝，他也笑得露出一口漂亮貝齒，對我微微點頭。

……綠色？

不禁懷疑自己的眼睛。我又沒有通靈能力，也不具備那方面的知識和經驗。但是，那就是所謂「靈氣」嗎？我看見一團綠色柔和的光線輕柔環繞他的身體，明明他身上穿的是白襯衫啊。我還愣在原地，他的視線已落在素描本上說「妳是畫家啊」。本該否認的，我卻不知為何回答「對」。或許是被飯店遇見的那位老婦人那麼說了的關係。

「我就知道。可以讓我看看嗎？」

他像小孩子一樣天真無邪地說著，蹲下來拿起素描本。紙上的顏料還未乾，他用愛憐的眼神看著我的畫。雖然不明白為什麼，我感到心滿意足。跟在一旁坐下，默默凝望他和綠色。

「妳都不用綠色顏料呢。」

目不轉睛看著素描本的他這麼說。大概察覺紙調色盤上的顏料了吧。

「是的，因為這是屬於我的綠。」

基本上，我只使用黃色和藍色。再一點一點摻入其他顏色調和。

忘了是從什麼時候開始。還記得讀幼稚園時就這樣了，或許是天生的也說不定。我一直深受綠色吸引，無法抑制對綠色的「喜歡」。綠色是我的朋友，我的護身符，我的回憶，也是我的未來。綠色溫柔地撫慰我，開朗地激勵我。就算無法與同班同學打成一片，只要有綠色，我就不會感覺孤單。就像貓狗、音樂或書本對某些人的意義，綠色對我來說就是這樣的存在。

所以，我總會在身邊放一點綠色。

在飯店打工時，為了方便活動，我在手上戴一只明亮黃綠色的手環。就寢時，使用能讓身心放鬆鎮定的深綠色枕頭套。平常用的手帕，則是帶到任何場合都不突兀的嫩草綠。

日常生活裡的小東西、文具和家具，選購時我也都會先看有沒有綠色。不過，可不是只要綠色的東西就好喔。有些綠色我不太喜歡，也有很多原先還不錯，最後還是覺得不太對的綠色。所以，我才會開始找尋、創造「屬於自己的綠色」。

就讀短大二年級時，在我居住的京都，有一間小畫廊舉辦了免費入場的作品展。展出的不是知名作品，而是畫廊老闆自己欣賞與蒐集的畫作。

其中有一張描繪各種繁茂植物的畫，散發蓬勃的生命力與隱藏不住的脆弱及感傷。畫中的樹木彷彿在跳舞，樹葉彷彿在唱歌。我深深受到那張畫的綠色吸引。

「這張畫啊，畫的是雪梨的植物園喔。我朋友畫的。」

聽到這句話，我回頭一看，站在後面的是個和善的大叔。聽說他就是畫廊老闆，身高不高，額頭中央有顆大大的痣。

我再看了那幅畫一次。那綠色確實在對我說：

——來雪梨吧。我在這裡等妳。

「妳就去看看啊。」

額頭有痣的大叔從襯衫胸前口袋取出名片，將植物園的名稱「Royal Botanic Garden」寫在背面。明明我什麼都沒說，他卻一副瞭然於心的表情。名片正面只以橫書方式印著「MASTER」，也沒有電話號碼或電子郵件信箱等資訊。

僅僅是一張畫，就能大大改變某個人的人生。我認為世界上確實有這種事。

沒錯，我就是被呼喚來雪梨的。

後來我努力打工存錢，短大一畢業，立刻以打工度假方式來到雪梨。

踏入心心念念的皇家植物園那一瞬間，感覺就像聽見它對我說「妳終於來了」。啊，這裡充滿「屬於我的綠色」。這裡歡迎著我的到來。我愛綠色愛了很久，這還是有生以來第一次真實感受到綠色「也愛我」。所以對我來說，在皇家植物園裡打開素描本，是我跟綠色的「約會」。這種事，無法對任何人說出口。

約會。一想到這個詞彙，忽然在意起眼前這兀然出現，有著溫柔笑容的男孩。他的年紀應該介於二十五到三十歲之間吧。看上去好像更年輕，又好像比那歲數再大一點。

「我還想看其他張，可以嗎？」

他不再用敬語說話。從來沒讓別人看過的素描本，卻覺得給他看也沒關係。

我說「可以啊，請看」，他卻不自己翻頁，反而把素描本還給我。不是面對面，以並肩的方式坐在我身邊，一頁一頁慢慢回溯屬於我的綠色。

場所。季節。時段。映入眼中的綠色，想像之中的綠色。彩色鉛筆、粉彩顏料、水彩。葉子的形狀也各有不同。圓形、方形、幾何圖案，有的塗滿一整面的顏料，有的沾水渲染，有的以點描方式畫成。屬於我的綠色。我和我的綠色。

「You 是妳的名字？」

看著紙張角落的簽名，他這麼說。

「嗯。」

我的名字叫優[6]。因為筆劃太多，要寫得均勻好看很難。我喜歡用草寫字體簽一個小小的「You」來代替。

「好像在說『你』一樣，真不錯。應該有人說過想要妳的畫吧？」

「怎麼可能。我沒有放在哪邊賣，只是畫來自我滿足而已。」

剛才他問「是不是畫家」時，我回答了「對」，現在想起來真丟臉。

他的臉湊上來，近得幾乎要碰到我，所以我不敢朝他那邊轉頭。我猜，他大概在微笑，我頭也不抬的說：

「你不問嗎？」

「嗯？問什麼？」

「為什麼我畫來畫去都是綠色。」

「這種事需要問為什麼嗎？」

他稍微移動身體重新坐好。這雖是微不足道的小動作，但我知道他改變姿勢

❻ 發音為Yu，和英語中的「You」相同。

是為了讓我比較方便說話。

「再說，雖然妳說『都是綠色』，其實這些綠色裡加入了各種顏色。看在我眼中，全部都是不同顏色喔。每種顏色都很漂亮。有開心的顏色、愉快的顏色、寂寞的顏色、憤怒的顏色，也有慈祥和熱情的顏色。我能接收到喔。許許多多的顏色，希望妳畫出來。」

他用平靜但堅定的語氣這麼說。

「那我可以繼續這樣下去嗎？」

情不自禁脫口而出這句話，連自己聽了都吃一驚。就像以為緊閉的門，配合自己的聲音無預警打了開一樣。壓抑許久的話語宣洩而出。

我可以繼續這樣畫綠色下去嗎？

從小到大，媽媽總是對我說，為什麼妳就是不能跟別人一樣，做個普通的孩子？畫那些都是綠色的畫有什麼好？老是蒐集一堆綠色東西，讓人看了不舒服，妳一定腦子哪裡有問題。小學五年級時，級任老師要她帶我去做精神鑑定，從那之後，我就沒看過媽媽笑了。我畫下的那些視為珍寶的綠，不知道被她撕破丟掉了幾張畫紙。可是，我說不出「不要這樣」。總覺得被撕裂，被丟進垃圾桶的是我自己。心糾結成了一塊，連哭都哭不出來，只能看著她那麼做。媽媽說的話是聖旨。她要我向擅長讀書的哥哥看齊，還說「妳真的什麼都做不好」。說她一點都不想疼愛我這個交不到朋友，整天畫那種東西的女兒。

所以，短大一畢業我就離開家了。想離開得愈遠愈好。當那張植物園畫裡的綠色呼喚我時，我真的好開心。那就是我的「救贖」。

可是，簽證只剩下三個月了。回國之後我該如何是好？

……………

一陣沉默之後，他深呼一口氣，輕輕把手放在我頭上。

「真是悲傷的回憶呢。」

像安撫一般，輕拍了我的頭頂兩下之後，他張開雙手將我擁入懷中。

「不過，即使如此，妳還是無法不畫、無法不喜歡綠色吧？因為，妳就是個畫家啊。」

他放下手臂，直接握住我的手。

「所以，繼續畫下去吧。妳的綠色一定也能拯救誰喔。妳畫的是『妳』也是『你』。每個人一定都能找到最適合自己的一張。妳要畫出更多給大家看。」

我哭了。像個還不會說話的嬰兒般哭泣。一直哭一直哭，發出哇哇的聲音嚎啕大哭。將那些假裝很重要，始終抱著不放的又硬又重但根本不需要的東西破壞掉。內心深處清楚明白，自己一直很想這麼做。

這麼一來，我才真正自由了。

他再次稍微用力握了一下我的手，然後親吻我的額頭。

明明是陌生人，我卻一點也不排斥。不只如此，甚至覺得我們早已認識許久。不過，還是難為情得無法抬頭看他。

離跨年倒數還有一段時間，我卻提早一步接受了來自他的新年之吻。

他自然而然地放開我的手說：

「謝謝妳。」

謝謝妳愛我。

彷彿聽見他這麼說。是幻聽嗎？

我用他撿起的手帕擦拭哭花了的臉。好不容易緩過氣來，這才想到連他的名字都還沒問。我笑著抬起頭。

然而，眼前沒有任何人，只有微風習習，樹上茂密的綠葉隨風搖曳。

8 雷夫先生最棒的日子

[Orange / Sydney]

這間小小的三明治店，位於皇家植物園旁邊。店頭的遮雨棚和招牌都是橘色，寫著白色的「Ralph's Kitchen」。Ralph，就是老闆的名字雷夫。

雷夫先生每天早上都會穿上橘色圍裙，一邊哼歌一邊準備食材。火腿、生菜、番茄、煙燻鮭魚。切碎的水煮蛋加入滿滿的美乃滋和一點點的黃芥末攪拌均勻。今天會有哪些客人上門來呢？沐浴在晨光中，雷夫先生期待地想像著。

即將滿四十歲的雷夫先生，外表可能比實際年齡看上去更像個大叔。腆個大肚腩，頭髮所剩無幾，又喜歡講無聊冷笑話。一看到客人必定一邊眨眼一邊大聲喊「Good day！」。帶有澳洲腔的「Good day」，意思是「日安」，有時也帶有「願你有個美好一天」的祝福。聽到他說這句話的人，一定都會像感冒痊癒般通體舒暢。或許因為大家感受到雷夫先生打從內心重視每個與自己交流的人的心意了吧。雷夫先生那暖陽般的笑容，每一次都毫不保留地傳遞了這樣的心意。

雷夫先生沒有太太。至於戀人嘛……曾經有過喜歡的女人啦。別看他開朗活潑，對女人卻是害羞得不得了。每次一坦白心意之後就不敢再去見對方，結果總是不了了之。

擅長做家事的雷夫先生過起獨居生活沒有太大問題，只是有時會想，看到陽台上的花綻放時，沒有一個能說「過來看看！」的對象，實在是太寂寞了。

Ralph's Kitchen 原本是雷夫先生的父親經營麵包店的地方。雷夫先生畢業後任職於銀行，過了三年，他父親打算在市中心開一間更大的店，雷夫先生就把銀行的工作辭掉，繼承了這裡，改成三明治店。

雷夫先生並不討厭數錢和規劃財務的銀行工作。不過，像現在這樣和客人建立朋友般的情感，說些「今天的番茄很有光澤，是個大美女喔」或「天氣要變熱了，多準備一點檸檬水吧」之類的話，不依賴「數字」而是靠「自己的感覺」決定工作怎麼安排，每天過這樣的生活也開心得很。怎麼說呢，就是「適合他的天性」吧。當然，在銀行的工作經驗對他現在算錢管帳還是很有幫助就是了。

橘色對這間店和雷夫先生來說，都是「招牌顏色」。不過，其中隱含著他的某份心思。

三年前，還在銀行工作時，雷夫先生喜歡上了同一棟公寓的隔壁鄰居欣蒂小姐。欣蒂美麗又聰明，年紀差不多比雷夫先生小十五歲。她從事什麼工作，雷夫先生也不太清楚。只是，每當欣蒂打開玄關大門或天熱的日子裡彼此都打開窗戶時，總會從她房間飄來一股溫柔甜美的香氣。聞到那香氣，雷夫先生就感到滿心平靜，總忍不住陶醉地閉上眼睛。也不知道那是花香還是水果香，兩者都有可能，但又都不太像，總之是非常具有魅力的氣味。不過，在公寓門口或路上巧遇欣蒂時，雷夫先生從來不敢問她關於那香氣的事，只能說些無聊玩笑逗欣蒂笑。

某個冬天早晨，正要去上班的雷夫先生一出家門，就看到欣蒂在重綁靴子的鞋帶。

「早安，雷夫。」

坐在地上抬起頭的欣蒂，笑得像盛開的蓮花一般清雅。雷夫先生完全慌了手腳，好不容易才說出：「妳今天這麼早出門啊？」

「對啊，我要去搭公車。雷夫呢？去車站嗎？」

欣蒂站起來，自然而然地走在雷夫身邊。起初還想努力找些有趣的話題來講，漸漸地，雷夫愈來愈害羞，最後只能低下頭默不吭聲。這麼一來，欣蒂為了緩和尷尬的氣氛，就用開朗的聲音說：

「嗳、我們來玩心理測驗。你喜歡什麼顏色？」

忽然聽到她這麼說，雷夫先生陷入困惑。不過，就像被那溫柔挑逗鼻腔的甜美香氣吸引一般，他回答了「橘色」。

「為什麼？」

欣蒂歪了歪頭，無法形容這樣的她有多可愛。受到她的影響，雷夫先生也笑了，接著這麼說：

「因為橘色是開心的顏色。既不像紅色那麼顯眼，也不像黃色那麼突出。橘色總是對人開朗地敞開心胸，讓人擁有充滿活力又愉快的心情。」

片刻，欣蒂眨了眨眼睛，然後微笑說道：「嗯，是啊。」

「這個心理測驗啊，測出的是『想成為什麼樣的自己』喔。重點不在選擇什麼顏色，而是你選擇這個顏色的理由。嗳、雷夫。你剛才形容的橘色，與其說是『你想成為的模樣』，不如說就是你本身呢。」

欣蒂看似滿足地這麼說。雷夫不知該回答什麼才好，思索了半天，還是找不到答案。額上冒出汗水，正在努力思考時，公車站已經到了。

欣蒂排進站牌下的行列，雷夫總覺得不好就這樣離開，也默默站在她身邊。很快地，公車就來了。說點什麼，得說點什麼才行。然而，開口的人卻是欣蒂。她輕聲但堅定地說了。

「我會把橘色當作記號喔。」

欸？記號？她到底想說什麼？

「再見嘍，橘色先生。」

不等張口結舌說不出話的雷夫先生回應，欣蒂搭上公車走了。下個星期，在連話都沒說到的狀況下，雷夫先生從公寓其他鄰居那裡聽說她已搬家的消息。

又過了不到半年，雷夫先生決定開三明治店。同一時期，住的公寓竟然決定要拆除。那也是沒辦法的事，畢竟這是一棟老建築了。

聽聞這件事時，雷夫先生想的是「如果欣蒂回來，不就找不到我了嗎」，一陣寂寞掠過心頭。這棟公寓是欣蒂和雷夫先生之間唯一的聯繫。

雷夫先生後悔不已。早知道會這樣，就不該那麼害羞，該跟她說更多話才對。就算戀情無法實現，也該告訴她自己喜歡她。如果再次見到她，一定能好好表達心意。

不過，他馬上告訴自己「怎麼？別擔心啊」，臉上露出微笑。她曾說過，要用橘色當「記號」，雷夫先生立刻決定把這當作店裡的招牌顏色。

事實上，選用橘色當遮雨棚、招牌和圍裙的顏色是正確的決定。當地人們都稱這間店為「橘色的店」，反而不說「Ralph's Kitchen」了。雷夫先生也很歡迎他們這麼做，橘色取代了店名，成為雷夫先生的記號。這令他十分自豪。肚子餓的人們只要以這明亮的橘色為目標，就能找到店裡來買三明治。這麼一想，身體中心湧出的歡喜化作羽毛，從背上長出了翅膀，感覺自己就要振翅起飛。

「這都是拜欣蒂之賜啊。」

打烊後，結束店內掃除工作，雷夫先生想起了她，坐在櫃檯邊的椅子上閉起眼睛。欣蒂藤蔓般的長髮與吹彈可破的白皙肌膚浮現腦海，使他自然露出微笑。輕輕柔柔地，總覺得又聞到那熟悉的，溫柔甜美的香氣。雷夫先生依然閉著眼睛深呼吸。

「找到你了。」

咦？今天甚至出現了幻聽嗎……雷夫先生覺得好笑，呵呵笑了起來。然後緩緩睜開眼睛。

站在雷夫先生眼前的，是比三年前成熟了一點的欣蒂。像打開音樂盒蓋就跳出來的娃娃，她忽然出現。

「好久不見，雷夫。」

「欣蒂？真的是妳嗎？好像在做夢。」

「真的是我呀。我去了英國，昨天剛回雪梨。」

想說的話很多。雷夫選擇問她第二想說的那件事。

「欣蒂，妳喜歡什麼顏色？」

欣蒂毫不猶豫地回答了。簡直就像早料到他會這麼問。

「土耳其藍。」

「為什麼？」

「給人很神秘的感覺不是嗎？好像會施展魔法似的。比方說，施展了讓你在橘色之中等我，又笑著迎接我的魔法。」

喔喔，土耳其藍。這很好。完全就是欣蒂的顏色。雷夫先生點頭，欣蒂悄悄走近，開玩笑地抓住雷夫先生圍裙的下襬。

「我的魔法，有沒有順利發揮作用呢？」

雷夫先生情不自禁張開手臂，將欣蒂擁入懷中。趁著自己還來不及害羞的時候。

「發揮作用了喔。充分發揮了作用。」

欣蒂微微抬起頭。像拿到第一名獎牌一樣笑得得意洋洋，再把頭埋進雷夫先生胸口。

欣蒂的香氣，似乎傳遍了雷夫先生全身。雷夫先生搞不清楚自己在哭還是在笑，再度緊緊擁抱欣蒂，然後這麼說：

「不需要解除魔法也沒關係喔。永遠保持這樣吧。」

夕陽從窗外照射進來。Good day！雷夫先生。好像還得再花上一點時間，雷夫先生才會察覺橘色的光芒正照耀兩人，獻上祝福。

9 魔女回來了

[Turquoise / Sydney]

我一直想成為魔女。從還在雪梨的幼稚園裡學寫英文字母時起，我就成天只想著這件事。不知道該怎麼做才能成為魔女，也沒有人教我，但我相信自己絕對辦得到。

總覺得，無論是騎掃把飛上天空或揮舞魔杖自在操縱，只要經過訓練大概都能做到。然而，更加吸引我的卻是製作「秘藥」這件事。一個人關在陰暗的房間裡，搗碎野花或樹果，用自己的方法混合攪拌，夢想其中擁有某種效力。運動會前一天，喝下我的得意之作——「跑步速度變快的藥」，結果吃壞肚子，被媽媽痛罵一頓。我躺在床上對媽媽說「抱歉啦」。媽媽摸摸我的臉頰說「知道就好」。她一定以為我這句話的意思是「不會再這樣了」。殊不知我一邊摩挲肚子，腦中一邊想的是「調和的方式不對，下次再改進」。

最初將我引導上這條路的人是葛瑞絲老師。小學校外參觀教學去爬山，在某大學研究植物學的葛瑞絲老師以特別講師的身分陪同參加。走在山路上，她一邊告訴我們哪些花叫什麼名字，哪些果實可以吃。途中，有位同學被小石子絆倒膝蓋擦傷破皮，葛瑞絲老師忽然不見人影。原來她跑去摘了某種葉子，回來輕輕搓揉後敷在同學的傷口上，嘴裡還唸著「CHICHIN PUIPUI」的奇怪話語。CHICHIN PUIPUI，那發音實在太好笑了，學生們都笑起來，連受傷的那孩子也不哭了，跟著大家一起笑。看到這一幕，我心想：

這是魔法。葛瑞絲老師一定是魔女。

我笑得停不下來，雖然笑的原因和其他學生不一樣。一直到爬山活動結束，我都盯著葛瑞絲老師看。連午餐時間打開便當盒時還在竊笑，同學都覺得我莫名其妙。

葛瑞絲老師背脊挺得很直，隨意紮起的頭髮下露出耳垂，上面嵌著漂亮的寶石耳環。解散後，我偷偷對老師說：

「老師，我有問題。」

「好的，什麼問題呢，欣蒂？」

只在最初自我介紹時提過一次自己的名字，老師竟然記得。我一邊驚嘆，一邊接著說：

「那個葉子是什麼？」

老師笑著說「喔喔」，對我眨了眨眼。

「是魔法的葉子喔。能讓受傷的人恢復健康狀態。」

我就知道！

一個高興起來，連珠砲似的提出問題。

「那，那句奇怪的話呢？」

「妳是說CHICHIN PUIPUI？那個啊，是我的日本朋友教我的喔。說是能讓世界變得更美好的咒語，很可愛吧。」

「非常！」

我深呼吸一次，不顧一切問她：

「老師，妳是魔女嗎？」

老師迅速瞄了一眼我的臉，立刻在嘴邊豎起食指，微笑說：

「不要告訴別人喔。」

我高興得像要飛上天。但是從此之後沒再見過葛瑞絲老師。後來的校外教學和露營活動，來的特別講師都是不同人。我本來想請葛瑞絲老師教我更多各種關於魔法的事，早知道就該先問她的聯絡方式才對，內心懊悔不已。

從那時起，我開始閱讀所有能找到的植物百科圖鑑，認識了幾種能殺菌或止血的植物。不只如此，植物還有各種對人有益的效能……不、是魔法。我內心激動雀躍，大量蒐集這類書籍貪讀，沉迷於植物的世界，還去了植物園。

此外，我很早就弄清楚老師耳朵上戴的寶石耳環叫做「土耳其石」。在一間古董店櫥窗看到用那種寶石做成的項鍊，標籤寫著「turquoise」。隔著玻璃櫥窗，我複誦這個字無數次。查了才知道，土耳其石是一種不可思議的寶石，自古以來就常被用在魔法與儀式中，或當作守護石，深受人類喜愛。人們相信這種石頭與精靈、宇宙有所連結。我也愛上了土耳其石，開始在身上穿戴用它做成的飾品。目的是為了成為魔女。土耳其藍就是我的顏色。不知為何，我無法不這麼想。

高中時，班上來了一個日本女生。她是交換留學生，只會在雪梨讀一年書。看到我的土耳其石手環，那個叫真子的女生說：

「好漂亮的顏色。在日語中，這叫 mizuiro 喔。」

真子在筆記本上寫下那個字，還告訴我「mizu」是「水」的意思。水色，水的顏色。這麼說來，英語裡也有「aqua blue」的說法。從無色透明的水中，我們自然而然窺見某種神秘的色彩。

「那妳知道 CHICHIN PUIPUI 嗎？」

聽我這麼問，真子笑得很開心。

「只要是日本人，沒有人不知道喔。這是力量非常強大的咒語。」

這麼說來，日本人全都會使用魔法嘍。難怪葛瑞絲老師也有日本朋友，一切都說得通了。

深入了解更多植物的事之後，我進入了芳療領域。就連芳療檢定教材都說，在中世紀的歐洲，擅長使用草藥或香料植物的人，往往被當成魔女流放。我遙想那段令人哀傷的歷史。前輩魔女們不惜遭受迫害也要流傳後世的魔法，一定得正確傳承下來才行。高中畢業的同時，我考取芳療執照，在芳療沙龍找到芳療師的工作。將植物的力量傳授給和我一樣具有求知欲的學生，這份工作做起來崇高又愉快。

在芳療沙龍工作五年後，某次上網查東西時，偶然發現葛瑞絲老師在英國的芳療學校當老師。那是距今三年前的事了。唯一的線索只有名字和一張照片，和當年登山時比起來，照片裡的葛瑞絲老師增添了不少歲數，但我仍認得出這就是她，絕對沒錯。寫信去那間芳療學校詢問，得到葛瑞絲老師本人的回信。她說，要不要來英國？於是我決定辭掉沙龍的工作去英國。

只有一件事放不下心。那就是，當時我已戀上同一棟公寓的鄰居，雷夫。

雷夫是大我十五歲的銀行職員。身材微胖，個子不高，頭髮還很稀疏。外表似乎令他感到自卑，我卻覺得這樣的他很可愛。圓滾滾的身軀裡充滿豐沛的情感，融化在他的笑容裡，每次看到他，我都會產生一股恬然安適的心情。從外面就能看到他家陽台上總開滿精心照料的花，晚餐時也聞得到飯菜的香氣，由此可知即使獨自生活，他也會好好煮飯做菜。路上老奶奶迷了路，他會一邊講冷笑話逗她笑，一邊陪她走到目的地。雷夫就是這樣的人。

我知道自己對他的情感，已經到了不想被任何人搶走的地步。但是，我沒辦法告白。也無法告訴他自己即將離開雪梨。因為，我連哪天會回來都不知道。

不過，我施展了魔法。

出發去英國的前夕，我完成了從以前研究到現在的催情藥。使用依蘭依蘭精油、蓮花精油、勿忘草花瓣、我呼出的氣和滿月的光滴……剩下的不能說。把這些裝進特製玫瑰花水中混合攪拌，再往自己身上從頭到腳噴個夠。接著，我在公寓樓下埋伏等候準備出門上班的他，裝成巧遇的樣子成功一起走到公車站。

「喜歡什麼顏色？」聊著這可有可無的話題，我盡可能搖曳髮絲，朝他歪頭，努力把催情藥的粒子傳送到他身上。居然說什麼「喜歡橘色」，這可愛的發言也太適合他了吧，我不由得心頭小鹿亂撞。就在這時，眼前突然出現他身穿橘色圍裙，開心製作三明治的模樣。就像電影預告一樣，短短兩三秒就消失了。但我立刻明白：「啊、這個人現在雖然是銀行職員，以後會開一間三明治店呢。」雖然是第一次有這種體驗，我卻並不吃驚。忘了在哪看到，只要真心愛上誰，人人都有可能發揮這種程度的魔法能力。

回到雪梨後，就來找那間橘色的三明治店吧。

等我回來喔，雷夫。

分開時，我喚他「橘色先生」，把剛才看見的未來光景封印其中，搭上公車時，暗自唸了「CHICHIN PUIPUI」的咒語鎖住。

到了英國，與葛瑞絲老師重逢，我進入芳療學校學習更深一層的芳療知識。葛瑞絲老師清楚記得我，除了上課時間，私下也教了我許多。帶我去各地醫療設施當義工，參加森林保育活動。在協助葛瑞絲老師的過程中，我親身學到人與人、自然與生物是如何建立關係，如何互相幫助。這個世界上所有生命體都是相連的。對此學習、思考、想像、祈願、實行……這就是習得葛瑞絲式魔法的必修科目。

拿到畢業證書時，葛瑞絲老師笑著對我說：

「妳已經是能獨當一面的魔女了喔，欣蒂。」

將世界變得更美好的魔法。我已經能對各種人事物施展這樣的魔法。

幫助生病的人重拾歡笑，從憎恨的心中奪取武器，給予擁抱，為睡不著的夜晚帶來溫柔夢境。

結束在英國的修習，我將回到雪梨展開新生活。帶著土耳其石，運用各式芳香精油，誦唸CHICHIN PUIPUI的咒語，為世界帶來更光明的未來。在那個穿上暖陽般橘色圍裙的可愛戀人身邊。

10 如果沒有遇見你

[Black / Sydney]

正想寫下「驚訝地轉動了黑眼珠」的我，忍不住發出「啊」的驚呼。

接受出版社委託，我正在翻譯英國的繪本。主角的設定，是一個有著藍眼睛的西方人。日語中習慣用「轉動黑眼珠」來形容驚訝的表情，把這慣用語套在藍眼睛西方人身上好像有點奇怪。

這麼說來，「只要老子眼珠還是黑的[7]就不答應」也不能用了。我大呼一口氣，忍不住竊笑。心想，得把這件事告訴喜歡日語的葛瑞絲。

在這一顆星球上，雖說膚色與尺寸有所差異，擁有同樣外型的人類這種動物，為什麼會有這麼多種不同的語言呢？活到三十六歲的今天，對此還是感到不可思議。要是能順利聽懂彼此的語言，各種事情一定會進行得更順暢。可是，我打從內心感謝上天在地球人的溝通上做出這有點麻煩的安排。因為，我的人生從此擁有了翻譯的樂趣，能夠將英語與日語同時放在腦中，再用自己的話語相互轉換，飛向外面的世界。

十四歲那年，我產生了想成為翻譯家的念頭。

連當時居住的東京舊市街都沒離開過，我卻非常喜愛國外的兒童文學，在學校也只期待英文課。比起需要在人前講話，必須瞬間發揮機智的口譯工作，我更想做一個人與文章相對而坐，慢火細熬的翻譯工作。

與葛瑞絲的相遇，更是加速了我這個念頭。

國中時，我加入英語社團。作為國際交流活動的一環，當時的社團指導老師帶來一份海外姊妹校徵筆友的學生名單。和陌生國家裡不認識的人通信，這是多麼浪漫的事啊。我按捺胸中的興奮期待，看起那份名單。國家、姓名與年齡，還有簡單的自我介紹。美國、加拿大、新加坡……我詳細閱讀名單上每個人的介紹。

來自澳洲的葛瑞絲，十四歲。讀到她的自我介紹文時，我睜大眼睛。

「I can talk with flowers.（我能跟花說話。）」

這人說話真有趣。我身邊沒有這樣的小孩

❼一樣是日語中的慣用語，指「只要還活著」的意思。

與葛瑞絲魚雁往返的無數信件，豐富了我的少女時代。葛瑞絲真的會跟花草樹木說話，像是缺水或日照不足，植物的需求她都接收得到，有些植物還會告訴她明天會下雨，或是單純享受聊天的樂趣。跟媽媽吵架、有了喜歡的男生或和日本女孩（就是我）當了筆友的事，葛瑞絲經常都會跟植物說。還會把植物給她的回答，寫在信裡告訴我。

我好羨慕她。我聽不懂的植物語言，葛瑞絲可以在解讀後用自己的語言寫成文章。這不正是「翻譯」嗎？就連讀信的我都是如此樂在其中了，身為當事人的葛瑞絲自己一定更開心。

長大成人後，葛瑞絲與植物的關係依然不變。她不但不為自己擁有的能力驕矜自滿，反而懷著感恩的心情，透過芳療與香料植物，將來自植物的恩賜回饋在人們的生活中。

一直只有書信往來的我們，終於在二十歲那年見到面了。我利用大學暑假探訪雪梨，來機場接我的葛瑞絲一看到我的臉就不停讚嘆「多麼黑的眼瞳，多麼出色」。明明日本人在雪梨一點都不稀奇，葛瑞絲仍反覆讚美我的黑眼珠。她自己的眼珠也很美啊，是通透的淺咖啡色。

「敦子眼珠的黑色，和其他人不一樣。妳的眼珠沒有一絲混濁，所以能清楚映出各種東西喔。別人不會發現的事，敦子都看得一清二楚。」

我從來沒喜歡或討厭過自己的眼睛，可是被葛瑞絲這麼一說，總覺得我好像真的具有某種特別的力量，湧現了勇氣。

大學英文系畢業後，我在一間小翻譯公司找到工作。在那裡，主要的工作是翻譯進口商品說明書或機械使用手冊。這毋庸置疑也是翻譯，我也並非不以自己的工作為傲。

可是，我還是想做文學翻譯。以譯者的身分出版書籍。

成為譯者這條路走來艱辛。只要看到文學主題的翻譯比賽，我都會一一去挑戰，但卻老是被刷下來。就算偶爾得了佳作，也不代表這樣就能當上譯者。

不管落榜幾次，我還是無法習慣那種痛。因為每次都認為「這次一定可以」。郵寄出去的譯稿最後卻變成毫無價值的廢紙，從網路上寄件的檔案則彷彿打從一開始就沒存在過。我為了那些譯稿耗費的時間、勞力與心意就這麼消失了。每次閱讀入圍大賽的譯者譯文，都會一邊嘆氣一邊想，我跟人家到底有什麼不同。

即使如此，葛瑞絲卻遠比我自己更堅信我會成為譯者。

「敦子的夢想一定能實現。妳一定會成為出色的譯者，我保證。」葛瑞絲老是把這句話掛在嘴上。這句話不知道帶給我多少勇氣，既然她都這麼說了，說不定真的是這樣。我藉著相信葛瑞絲來對自己的未來懷抱希望。

每年，我會到雪梨來見葛瑞絲一次。幾次之後，在這裡認識了做室內設計的馬克。拗不過他的堅持，五年前，我三十一歲的時候，我們幾乎可以說是閃電結婚。我並非為他的熱情感動，真要說的話，是他那「No worries!（沒問題！）」的大剌剌澳洲人氣質席捲了我。不過，因為我不喜歡在人前出風頭，連婚禮都沒辦，直接就搬到雪梨生活。

因為沒有馬上找到能做的工作，有段時間我天天去圖書館。在澳洲，一定還有很多尚未翻譯成日文的好書。我貪心地讀遍各種書，沒有要投稿到任何地方，只是在一心想翻譯的衝動驅使下，用自己的文字將內容轉換為日文，寫在筆記本而已。

來到雪梨之後，我和葛瑞絲度過了一段連馬克都要吃醋的蜜月期。不料，很快地她又為了鑽研芳香療法前往英國。

現在這個時代，瞬間就能用電子郵件傳遞心情，我們也幾乎不再寫手寫信了。拜網路普及之賜，感覺葛瑞絲近得就像在同一個房間裡。

無論年紀多大，我和她永遠有說不完的話。一如十四歲時滿心期待收到裝在信封裡的信，直到現在我仍懷著雀躍的心情打開她寄來的電子郵件。

兩年前，葛瑞絲寄了一封電子郵件來說「夢到穿著婚紗的敦子被植物包圍的景象」。

「馬上去皇家植物園舉行婚禮。不只是妳自己，還有很多人都將因此展開新世界。」

她說是植物告訴她的。不擅長與人交際的我，來到雪梨後也沒交到什麼朋友。因此，一開始對舉行婚禮很是猶豫。後來仔細想想，相較之下，在日本舉行婚禮得應付各路親戚朋友，一定更麻煩吧。再說，讓爸媽看到我穿婚紗的樣子也是一種孝順，還能拿「國外婚禮只招待近親好友」當藉口。

我只請了父母、兒時玩伴小P和葛瑞絲四個人，照葛瑞絲說的，在皇家植物園舉行了婚禮。

只有重要的人和證人出席的輕鬆婚禮比想像中更歡樂，最重要的是葛瑞絲來參加，這真讓我高興極了。當時小P懷抱著自己開一間手工內衣店的夢想，葛瑞絲就跟她說：「藍色是聖母瑪利亞的顏色喔。」小P聽了似乎很感動，還說有朝一日要做一件瑪利亞藍的貼身衣物。

馬克請來的客人多半是愛熱鬧的澳洲人，其中只有一位看上去低調安靜的日本人。那是個有點年紀的男人，我想應該超過五十歲吧，額頭中央長了一顆大痣，令人想不注意到都難。

馬克一看到他，就像看到主人的狗一樣跑過去，向我介紹道：

「這位是我信賴的工作夥伴喔，妳可以叫他MASTER。」

「MASTER？」

「嗯。因為他在澳洲擁有研究所學位。」

馬克這麼說，MASTER就微微一笑。

「不只這個原因啦，不過我喜歡人家叫我MASTER。」

他似乎經常往返日本與雪梨之間，經手各式各樣的事務。馬克和他是在設計店鋪與大樓空間的工作上認識的。

「記得嗎？去年開幕的人氣三明治店，敦子不也說那間店很不錯？那次的工作就是和MASTER合作的喔。」

這間店的話我知道。一個開朗大叔獨自營運的橘色的店。

「妳是哪裡人？」

MASTER以流暢的英語問我。使用英語應該是顧慮馬克不懂日語吧？

「東京。」

「喔喔，東京啊。我現在也住在東京，不過老家在京都。我在那裡有一間小畫廊。下次不知能不能請馬克畫張畫給我呢？你的畫非常出色，只把畫畫當興趣真是太可惜了。」

馬克用力點頭。

「當然好，就畫今天這座皇家植物園吧！」

後來，得知我想成為譯者，連我的資歷都沒問得太詳細，MASTER就為我引薦了日本的出版社。起初只負責翻譯初稿，編輯似乎很中意我的譯文，不時發翻譯的工作給我做。

那時，我鼓起勇氣把自己想翻譯的書推薦給編輯。事情以超乎想像的速度一步一步進展，上個月，我翻譯的澳洲兒童文學書已經在日本出版了。「經歷過漫長的懷才不遇時代，突然有了進展呢。」馬克這麼說。可是我想或許不是這樣。不是懷才不遇，而是如果我想成為一名譯者，就是得先經歷這麼多的時間與經驗。

書的封面上有我的名字。我用手指撫摸自己的名字，一次又一次，用臉頰摩挲封面，嗅聞印刷油墨的氣味，抱住這本為我誕生在這世上的書。

葛瑞絲比誰都開心。她說：「不過，我早就知道會這樣了。」說的也是，在我十四歲的時候，她就已預言了這一天的到來。

要是沒有遇見她，我或許不會成為譯者。也絕對不會像這樣在雪梨生活。

三月的雪梨暑氣已消，氣候舒適。

面向雪梨灣的環形碼頭旁，我在露天咖啡座打開筆記型電腦，寫電子郵件給葛瑞絲。這時，忽然察覺一道視線。隔壁桌的金髮女人正在看我，從她手邊的信紙和信封看來，應該是在寫信給誰。不經意瞥見開頭寫的是「Dearest Mako」。

四目相接時，我微微一笑，她赫然察覺自己的失態，縮了縮脖子。

「抱歉，我一直盯著妳看。因為妳讓我想起自己的日本朋友，情不自禁就——」

「妳在寫信給那個朋友嗎？」

「是啊。她是以前寄宿我家的留學生。現代人多半通電子郵件，但我們喜歡寫信。」

「我懂，手寫信很棒呢。」

她微微點頭，朝海上望去。隔著往來海面的郵輪，看得見另一頭的雪梨港灣大橋。

「如果沒有遇見她，我或許不會活到現在。」

一頭金髮飄揚，她這麼說。我聽了嚇一跳，朝她看一眼，她略略低下頭。

「我原本生了病。不過，在情況危急的時候，那個朋友救了我。」

「這樣啊，妳朋友是醫生嗎？」

「不是……只是，從前世至今，我們認識很久了。」

前世。

見我有些不知所措，她咧嘴一笑，把信封信紙收進提包。

「謝謝妳陪我說這些。」

「別這麼說，我才要謝謝妳告訴我這麼美好的事。」

我對她點點頭，金髮女人起身優雅離去。

要是有前世，我和葛瑞絲的緣分一定也很深。這輩子熱愛英語的我，前世或許是英語國家的人，喜歡日本的葛瑞絲前世也可能是日本人。雖然無法確認實際情況，這麼一想，總覺得好像說得通。

「久等了，敦子。」

馬克來了。我和正好到附近辦事的他，約在這間咖啡廳碰面。MASTER跟在他後面。說是明天雪梨有一場大型藝術設計活動，他是為了這個來工作的。至於今天，稍後從傍晚開始，活動相關人士預計舉行前夜慶祝派對，我也和他們一起受邀參加。

「我去買飲料喔。」

說著，馬克留下MASTER，朝咖啡廳後側走去。我站起來，低頭用日語說「好久不見」。

MASTER露出一如往常的溫和笑容。

「我讀了喔，妳翻譯的書。很棒呢。」

「謝謝您，託MASTER的福，多虧您把沒有資歷的我介紹給出版社。」

MASTER搔搔額頭。

「我啊，什麼沒有，最有看人的眼光。」

我們兩人在椅子上坐下來，眺望大海。他總是一副若無其事的樣子，真是不可思議的人。

「MASTER您自己不畫嗎？」

「不畫啊，我的任務就是找出擁有厲害能力卻被埋沒的人才，讓世界上的人知道他們的好。我很喜歡喔，那種夢想還差一步就要實現的感覺。」

馬克帶著兩杯卡布其諾回來。我們三人閒聊了一會兒，馬克像想起什麼似的說：

「對了，我有個客戶在帕丁頓，剛才去了那邊一趟。」

帕丁頓是個地名。每週六，那邊的教會都會舉行盛大的跳蚤市場。

「這是我在跳蚤市場上發現的畫作。也不知道為什麼，一看這幅畫就想起自己小時候的事，忍不住流下眼淚。瞬間覺得自己非買下這張畫不可。是一個長頭髮的日本女生賣的喔。她說是把自己之前累積的畫作拿出來賣。」

畫中有著幾何圖案的柔和光線交錯，整體而言，是一張淺綠色的畫。右下角簽著「You」的署名。

MASTER拿起這張畫，端詳了好一會兒，然後輕聲說：

「……跳蚤市場開到幾點？」

「欸？沒記錯的話，應該是五點吧。」

我看一眼手錶，現在下午三點。從這裡到帕丁頓，搭公車只要十五分鐘。

MASTER站起來。

「抱歉，派對你們先過去。我得去發掘出這孩子的畫才行。」

MASTER踩著小跳步，往公車站牌走去。

我看得傻眼，愣愣目送MASTER背影離開。

忽然想到，MASTER有好幾個意思。

碩士。負責人。主管。老師。經營者。專家。主持人。原版。

總覺得好像能理解他為什麼喜歡被稱為「MASTER」了。為了某個誰，為了某件事，他成為推動人們去做些什麼的起點。如果沒遇到MASTER，許多光芒或許不會有機會散發到這世界上。

可是仔細想想，或許每個人多多少少對某個誰來說，都在扮演著類似MASTER的角色。在不知情之間，我們都是某個地方的某個誰人生裡的一部分。

一陣強烈海風吹過，露天咖啡座的大陽傘搖搖擺擺。

一隻出來散步的狗跑到馬克腳邊嬉戲。飼主急忙拉住牽繩。

「不可以、傑克！不好意思……」

馬克笑著說「不會啦」，溫柔撫摸那隻狗。這是常有的事。明明只是跟平常一樣待在那邊，不知為何狗都喜歡靠近馬克。

「馬克，你真的很受狗的歡迎耶。」

我這麼一說，馬克就點頭。

「嗯，我想自己上輩子應該是狗。」

那充滿自信的表情，使我名符其實「驚訝地轉動了黑眼珠」。

11 航空信的約定

[Purple / Sydney]

住在日本的真子寄來的航空信裡，裝著親手做的書籤。綁上白色和紙做的繩子，還做了護貝加工，裡面夾著粉紅色楚楚可憐的壓花。

就連在雪梨出生長大的我這個澳洲人，都知道這花的名字。告訴我這種花的人是真子。在日本，這是宣告春天來臨的花，也是真子最喜歡的櫻花。

真子在雪梨的時候，某個氣候宜人的十月假日，我帶她去看了自己私藏景點的一條小路。整條路的兩旁種滿行道樹藍花楹，綻放的紫色花朵形成了美麗的拱頂，飄落的花瓣將道路染成漂亮紫色。在澳洲，藍花楹是象徵春天的花。

「我最喜歡在這裡欣賞藍花楹了。一看到這片紫色的景色，就會有『啊、春天來了』的感覺。」

聽我這麼一說，真子也興奮地跟我說了櫻花的事。她說只要櫻花一開，日本人就會有春天來了的感覺，還說櫻花和藍花楹一樣，經常被種植為行道樹，淡粉紅的色調也和淡紫色的藍花楹很相近。還有，東京最適合賞櫻花的季節是四月。

日本的四月是春天啊，真不可思議。不過，對真子來說，澳洲的春天是十月這件事，一定也讓她感到很奇妙。

真子說：

「哎呀，好想讓瑪莉看看喔！我也有個這樣的地方，櫻花盛開時非常美麗，我最愛的地方。」

我點點頭。

「好啊，有朝一日我要在四月去東京看櫻花。」

雖說這並非場面話，但也只是順著當下話頭自然而然脫口而出的隨口答腔。有那麼短暫的一瞬間，真子露出停止呼吸的表情看我，接著馬上展露笑容。

「一定喔。」

十年前，還是高中生的真子以交換留學生的身分來澳洲，寄宿我家一年。

第一次見到真子的心情，到現在我還記得一清二楚。第一眼看到她時，我這麼想：

好懷念。啊，好懷念。

彷彿喚醒了遙遠古老的記憶，又像上一個我在搖晃現在這個我的身體。我認識她。總覺得早就擁有與她共度的記憶。雖然當時我並不明確知道那是什麼。

我天生心臟就不好，儘管除了體育課之外，也能過得和一般孩子無異，從小我就經常閉門不出。擔心內向的我，父母開始接受留學生來家中寄宿，為的是讓我多點機會接觸年紀差不多的女孩。

大部分日本人都會顧慮我的身體，說些「不用勉強沒關係」的話，同時又表現出一副不知該如何與我相處的樣子。她們似乎很怕在我面前提到自己跟朋友去戶外玩耍或出門小旅行的事。

可是真子不同，她與我之間完全沒有這種隔閡。她總會用戲劇化的口吻，搭配肢體語言，將自己的所見所聞與我分享。無論多微小的發現，她都會用挖掘寶藏般誇張的表情傳達。和真子在一起的那段時間，她帶給我的幸福，就像乾涸土地上結出的果實。

她也會在不造成負擔的範圍內帶我出門。我一點一滴接觸到外面的空氣，時而欣賞大自然風景，時而體會在咖啡店裡小憩的片刻有什麼意義。真子小我五歲，本該扮演可愛小妹妹的角色，實際上卻都是她在帶領我。

真子和我總有說不完的話。相反地，就算待在同個房間裡好幾小時什麼都不說，只是各做各的事，我們也一點都不以為意。

真子回國後，我們不知道互相寄給對方多少封航空信。並沒有約好要這麼做，只是堅信一定會收到她的回信。這樣的確信，支持著我的每一天。

真子英語能力愈來愈進步，有時我都以為收到英語母語者寄來的信呢。一開始，真子使用薄透的航空信紙和有三色條紋的航空信封，我在回信裡稱讚那非常可愛後，一板一眼的她就再也沒換過這套信封信紙。唯一改變的只有從原子筆改成用我送她的鋼筆寫字。

我們彼此都寫過好多次「真想見面」，這個願望卻遲遲無法實現。真子上了大學，畢業後在英語補習班當老師。因為排課的關係，她無法請長假，不知道身體什麼時候會出狀況的我也無法出國。

打從真子回日本後，我們一直沒能見到面。即使如此，她和我從未間斷地交換著航空信。現在大家都理所當然使用電子郵件了，我們仍愛用拿在手中有確實感觸的手寫信。跨越海洋來到手中的航空信，對我而言就代表了「真子」本人。

一年前的六月，我病倒了。宿疾的心臟病惡化。住院一個多月後，醫生告訴我，要繼續在這間醫院治療有點困難。他願意幫我寫介紹信，轉介我到雪梨市中心設備更齊全的大醫院。我搖頭了。

我住的這間醫院在郊區，窗外可見遼闊大海，我很中意這片風景，寬敞的單人病房住起來也很舒適，最重要的是，我很喜歡主治醫生和護士。

醫生說要介紹我去的那間大醫院，幾年前我曾為了檢查，在那裡住院一星期過。窗外只看得到高樓大廈，工作人員看起來永遠匆匆忙忙的，消毒水的味道還很刺鼻。就算那裡的醫療設備更完善，我也不想再去那種無法放鬆的地方就醫。

「如果最後生命結束在這裡，我也覺得這樣就好。」

七月的某一天，我寫信告訴真子這件事。

從小我就認定自己活不久。上小學前，有次媽媽帶我去醫院，要我在診療室外等待。我忍不住偷看，看到她跟醫生壓低了聲音說話。明明生病的人是我，健康的媽媽卻痛苦地緊鎖眉頭。那模樣在我腦海中盤旋不去。

從那時起，我就恐懼面對自己的生死。為了不讓自己有所期待，什麼事都故意往「沒救了」的方向想。

真子收到信後，打電話到我住院的地方。這還是第一次。我去護士站接她打來的國際電話，她在電話裡求我馬上轉移到大醫院，希望我努力治療。

「瑪莉，妳忘了跟我約定的事嗎？」

電話那頭，真子哭了。

「約定？」

很抱歉，我不明白真子說的約定是什麼。

「不記得也沒關係。但我一直都很期待的。」

真子這麼說完，就掛上了電話。

真子的聲音聽起來像在生氣，我以為她一定討厭我了。然而一星期後，我收到真子的航空信，內容格外開朗。第一張信紙角落有幾個潑灑到什麼留下的咖啡色痕跡，她還在旁邊畫了對話框，裡面寫著「請喝杯熱可可亞溫暖身體」。

「如果現在住的醫院是瑪莉心愛的地方，那就不要轉院，留下來好好安養，或許也是一種方式。」她在信裡這麼寫。曾經那麼反對的她，為什麼忽然改變主意了？

「光是待在自己喜歡的地方，就能獲得一點力氣。有人這樣告訴我。」

讀到這句話，我終於察覺。

和真子的約定。四月的櫻花。她最喜歡的地方。

我立刻寫了回信。

「我一定會在秋天來臨前把病治好，前往東京，和真子一起看櫻花。」

然而，我的病情逐漸惡化。年底，經過一番精密檢查，醫生判斷我必須接受大型手術。手術如果順利，我能夠恢復與一般人無異的健康狀態。只是，風險也很大。醫生說成功的機率是百分之五十。即使接受了手術，也很有可能再也醒不過來。要我有這個心理準備。

我害怕得發抖。可是，只要還有一半的可能，我就打算賭一賭。我要動手術，恢復健康。因為，我得去跟真子一起看櫻花啊。我們約定好了。

手術當下，頂著麻醉生效的身體，我眼前出現了霧濛濛的景象。

那是多久以前的時代？場景像是澳洲的鄉下小村莊，我看見兩個相依為命的女孩。瘦弱的妹妹躺在床上，把摘來的花交給她的是姊姊。

褪色的記憶漸漸有了清楚的輪廓，重返腦中。

老是生病的妹妹是我。總在妹妹身旁守護的姊姊是真子。遙遠遙遠以前的前世，我們曾是姊妹。

前世的我害怕死亡，總是活在恐懼中。這輩子的我依然不變。怕死這件事，就等於害怕活著。

「空地上開了許多這種花喔。很漂亮吧。我們一定可以一起去看。」

某天，姊姊在床邊這麼說。我雖然「嗯」了一聲點頭，內心卻認為那是不可能實現的事。因為，從這裡走到空地得花上兩小時，對當時的我來說實在太遠了。

——倏地，一大團光亮包圍住我。

這種感覺，我過去也有經驗。前世，幼小的我毫不猶豫地對那團光亮伸出手。

那時，姊姊呼喚了我。

可是，我沒有回應姊姊。因為我太軟弱，已經不想承受更多痛苦，繼續活下去對我來說太難受了。

就讓一切結束。

抱歉，不能一起去看花了，姊姊。

那時，我放棄了生命。

前世記憶會被消除。

一定又會重來一次。就算轉世投胎，大概也會忘記這一切……

「瑪莉！」

我赫然一驚。停下朝光亮伸出的手。

「瑪莉，妳忘了嗎？我是如此期待我們的約定。」

真子在哭泣。

真是的，真子就是個愛哭鬼。明明比我能幹可靠，連看到花謝都會流淚的真子。在歌劇院欣賞了音樂劇，回家依樣畫葫蘆表演給我看的真子。

「BBQ上烤的澳洲牛排簡直巨大！」真子睜圓了眼睛這麼對我說。陪不能下海游泳的我躲在海灘傘下，吃炸魚和洋芋片聊天聊個沒完沒了。晚上並肩站在陽台，一起尋找南十字星。

和真子一起在雪梨度過的最後一天，我們睡在同一張床上。手牽著手，頭靠著頭。心想明天乾脆不要來好了，真子又哭了。當然，我也哭了。

我想起真子寄來的那些航空信。即使分離兩地，透過這些信，我們將自己居住的世界發生的事告訴對方，傳達彼此的溫度。那些信我都收著，裝滿了一整箱。

真子，謝謝妳來雪梨。謝謝妳與我相遇。

第一次見面時的事，清晰浮現腦海。

那讓我第一次見面就感到懷念的真子的笑容……

——懷念？

是啊。

那時，我確實想起來了。想起我認識她。前世的記憶沒有被消除，該留下的部分還是好好留下了。

足以讓我一眼就明白她是重要的人。曾經無法遵守的約定，這次我一定會實現。上天重新給了我一次機會。

「瑪莉！」

聽見真子呼喚我的聲音。

這次我一定要回應。

「真子！」

活下去。

好好活在這個時代。

不只因為前世是姊妹，更要活出屬於我們的這輩子。

手術結束後，我醒來了。嶄新的我等在那裡。

四月秋日天空下，我從雪梨機場搭上飛機。

手術後復原的速度極快，連醫生都大吃一驚。可是，對我來說這是理所當然的事。為了趕上櫻花季，身體自己快速地復原了。藍花楹整個春天都綻放，櫻花卻只盛開幾天，真教人難以置信。也因為這樣，我可沒時間慢慢拖。

初次造訪的東京。與真子睽違十年的重逢。我們兩人一起欣賞了河岸邊盛開的櫻花行道樹。

在賞花遊客熱鬧喧騰的河畔，我對真子說：

「嗳、真子。妳也要再來雪梨喔。和我一起去看藍花楹。」

真子栗子色的髮絲飄揚，微笑對我用力點頭。

「一定喔。」

我們活在不知道下一秒會發生什麼的當下。光靠自己的意願無法改變，無法抗拒未來會發生的事。這種時候無止境膨脹的不安，使我們寫下恐懼的劇本。明明是自己編出的故事，卻以為是誰給予的未來，還認定一定會發生，威脅著自己的生命。

可是事實上，那種事根本不存在。現在確實存在這裡的，只有呼吸著的我、笑著的真子和盛開的櫻花。

花瓣緩緩漂浮在河面上，一下漂向這裡，一下漂向那裡。

我決定只為期待約定的日子來臨而生。等真子來雪梨和我一起賞完藍花楹，就再做下一個約定。

打從心底如此發誓，我陶醉地看著隨波逐流的櫻花。

12 情書

[White / Tokyo]

坐在老位子上，今天我寫著給你的信。

一邊喝剛才你端上來的熱可可亞，我打算花時間慢慢傳達對你的心意。

從我定期來這間大理石咖啡店之後，季節已經輪過一圈半了呢。標準化的連鎖店有另一種輕鬆感，其實我也不討厭。只是更愛在這擁有獨一無二空間的咖啡店裡悠閒自在的安心感。

牆上不時換新的畫作也是我的樂趣之一。從上星期開始掛上的畫，以粉彩筆描畫好幾個重疊的綠色圓圈，讓我陷入跟著回憶走的溫柔心境。

你身上沒有別名牌，店裡又只有你一個店員，聽不到其他員工怎麼稱呼你。所以，我不知道你真正的名字。我所知道的，只有你大概比我小幾歲，是一位勤奮工作的男性。

不過沒關係。從我第一次來這間店那天起，已經偷偷給你取了一個名字。

那是個下著皚皚白雪的冬日。

我在河邊的雜貨店買完東西，回家路上第一次察覺橋的另一端，大樹樹蔭下好像有燈光。至今一直沒注意過，大概因為目光總專注在櫻花樹上吧。等花與葉都掉光了，才看到這間隱藏在樹下的大理石咖啡店。因為那天實在太冷，為了取暖，我過橋走進這間店。

店裡充滿令人泫然欲泣的安詳溫暖。門口的垂榕恬然自適，長著茂盛的葉子。原木製成的質樸桌椅看似歡喜迎接客人上門。

我選了窗邊的位子坐下，這才鬆了一口氣。凍僵的手、冰冷的臉頰和耳朵都像解凍一般，僵硬的身體逐漸放鬆。

隔壁桌有一個留香菇頭的小男孩，還有年輕的爸爸。

男孩手持飛機模型，嘴裡發出「咻——」的聲音模仿飛機飛行，自己笑得很開心。

早我幾步進來的他們，似乎已經點過餐了，正在等餐點送上。

我打開菜單，盤算著該點咖啡歐蕾好，還是喝伯爵紅茶。

這時，你為隔壁桌的父子端上飲料。

「啊！是小拓的可可亞！」

男孩發出高興的歡呼，他口中的「可可亞」三個字聽起來好可愛，我忍不住朝他們望去。

你先將那位爸爸的咖啡放下，然後將可可亞放在「小拓」面前。

「這是您的熱可可亞，溫度很高，請小心燙。」

你對小拓說話的聲音，展現的微笑。

如果你說的是「很燙，小心喝喔」，看在我眼裡也就只是個親切的店員罷了。可是，從你的聲音裡，聽得出你對他人的尊重與對工作的自豪，我的心立刻被你吸引了。即使只是看上去還是幼稚園童的小男孩，你仍真誠地視為「一位客人」，誠摯地為他服務。還有，你說「可可亞」時的發音實在有種說不出的溫柔。

喔喔，是貨真價實的。我這麼想。

不只依循指導手冊照本宣科，我看見了你的真心誠意。

你正要從父子身旁離開時，我叫住了你點餐。

「請給我熱可可亞。」

你露出沉穩的笑容，複誦一次：「好的，熱可可亞。」

於是，我再度品嚐從你口中吐出的「可可亞」三個字。比起對小拓說的，這次多了一點苦味，帶點微甜，我拚了命才忍住嘴角不要上揚。

遇見你，我才第一次知道。世界上除了有「一見鍾情」，也有「一聽鍾情」這種事。

就這樣，我在心中擅自決定了你的名字。

「可可亞先生」。

從那之後，我一直在心中這麼稱呼你。

我總是在這裡寫航空信給住在雪梨的朋友瑪莉。

高中時，我前往雪梨當了一年的交換留學生。她……瑪莉是我住在那裡的寄宿家庭獨生女。

以為自己英語不錯的我，實際和當地人一起生活才知道，我的英語能力還有很大的進步空間。

然而不可思議的是，和瑪莉說話的時候，只要三言兩語就能理解彼此的意思。有時甚至只是一個眼神相對，就能汲取對方的心情。

明明連同樣講日語的日本人，有時也會誤會對方的意思或不懂對方到底在想什麼。所謂「言語不通」，其實指的或許是這種狀況才對。

就這點來說，瑪莉是我「言語互通」的對象。她說的話裡即使有幾個陌生單字，我還是完全能理解。反過來說，當我無法用英語好好表達，她也能輕鬆讀取我想說什麼。漸漸地，只要和瑪莉一起，我的嘴巴就會兀自冒出英語來。感覺像是我原本就會講英語，現在只是「回想起來怎麼講」而已。我感覺自己彷彿「回到」澳洲這個以英語為母語的開闊國家，好像在這邊的我才是真正的自己。和其他人在一起時，從來沒發生過這麼神奇的事，所以還是得好好努力把英語學好才行。

因為如此，在日本寫信給她這件事，對我來說就像一種復健。從瑣碎的日常裡回到原本真正的自己，這麼一來，我就能再次往前進。

遇見大理石咖啡店後，我找到最棒的寫信地點。這裡是能讓我做自己，解放自己，和瑪莉取得聯繫的特別場所。

我和瑪莉從來沒有吵過架，只有一次在電話裡差點吵起來。那是去年，她病到有生命危險而住院的時候。

醫生都已經指示她轉到大醫院了，她卻說什麼「我喜歡這裡」，拒絕轉院。我自私地要求她「希望妳轉院，努力把病治好」。或許因為我太害怕失去這重要的朋友，才沒能察覺她的心情。

我很沮喪，想來這裡喝你泡的熱可可亞，來了才發現老位子被別人坐了。無可奈何之下，只好坐在別張桌子，陷入思考好一會兒。忽然聽見你叫我的聲音。

「光是可以坐在自己喜歡的位子上，應該就能獲得一點力氣。」

噯、可可亞先生。你一定不知道我那時有多驚訝、多高興，又是多麼地鬆了一口氣。

不知何時你已為我整理好老位子，那位子閃閃發光，彷彿是專屬於我的位子。

在喜歡的地方，就能獲得一點力氣。我真的覺得你說得沒錯。

既然如此，讓瑪莉待在她最舒服的地方，一定比任何治療都更有效。我終於明白了。畢竟，比起高級餐廳，我自己還不是認為來大理石咖啡店更幸福。

我之所以選擇這個位子，除了角落令我安心外，還能看見窗外最愛的櫻花。還有，那個下雪的日子裡，對你墜入情網的瞬間，我就坐在這個位子上。

這個地方總是溫柔包容我。只要坐在這裡，那天的那一幕便鮮明浮現眼前。

我還喜歡坐在這裡偷看爽朗工作中的你。為了不與你視線相接，我已經學會如何在閃躲你視線的情況下把你放在視野中。因為，一旦四目相交，熱心工作的你一定馬上跑來問：「有什麼需要嗎？」要是這樣，我怕自己會忍不住說出「我喜歡你」。

瑪莉克服了疾病，一轉眼恢復了健康。前幾天，她到東京來找我。我們並肩站在河邊，一起欣賞櫻花。還約好下次輪到我去雪梨。

一直想做卻遲遲無法實現的事有很多。其實有時只要稍微踏出一步就能實現。

在喜歡的地方，和喜歡的人一起欣賞喜歡的景色，聊喜歡的話題。這麼重要的心願，過去我大概一直害怕去面對。

可是，想到的當下如果沒有前進，始終站在原地的話，別說實現願望了，在願望實現之前心意或許就會先消失。

眺望櫻花行道樹下流過的河川，我無數次想著你的事。

我來大理石咖啡店的時間，固定是不用工作的星期四，下午三點。

坐同一個位子，點同樣的飲料。

只要坐在這裡看著你就夠了。

「請給我一杯熱可可亞。」只要能對你說上這句話就夠了。

可是，現在我想從固定的時間和地點踏出一步了。

飄散的粉紅花瓣、嫩葉的綠、赤紅的紅葉與純白的雪。這些我都想跟你一起看。

想對你訴說關於我的事，想聽你說關於你的事。

無論是像天上星星一樣遙遠的夢想，還是放在掌心的瑣碎小事，我想跟你說好多好多事。

所以，可可亞先生。

你願意脫下圍裙，和我見面嗎？

這封信寫得太長了。該將這封有生以來第一次寫的情書裝入信封，封起來交給你了。

和笑容一起遞上，並附上一句話：

「溫度很高，請小心燙。」

Cafe
Marble

春日
ハルヒブンコ
文庫

109

木曜日適合來杯可可亞

木曜日にはココアを

木曜日適合來杯可可亞 / 青山美智子作 ; 邱香凝譯. -- 初版.
-- 臺北市 : 春天出版國際文化有限公司, 2022.06
面 ; 公分. -- (春日文庫 ; 109)
譯自 : 木曜日にはココアを
ISBN 978-957-741-544-8(平裝)

861.57 111007058

ISBN 978-957-741-544-8
Printed in Taiwan

作　　者　青山美智子
譯　　者　邱香凝
總 編 輯　莊宜勳
主　　編　鍾靈

出 版 者　春天出版國際文化有限公司
地　　址　台北市大安區忠孝東路4段303號4樓之1
電　　話　02-7733-4070
傳　　眞　02-7733-4069
E－mail　bookspring@bookspring.com.tw
網　　址　http://www.bookspring.com.tw
部 落 格　http://blog.pixnet.net/bookspring
郵政帳號　19705538
戶　　名　春天出版國際文化有限公司
法律顧問　蕭顯忠律師事務所
出版日期　二〇二二年六月初版

定　　價　230元

總 經 銷　楨德圖書事業有限公司
地　　址　新北市新店區中興路二段196號8樓
電　　話　02-8919-3186
傳　　眞　02-8914-5524
香港總代理　一代匯集
地　　址　九龍旺角塘尾道64號 龍駒企業大廈10 B&D室
電　　話　852-2783-8102
傳　　眞　852-2396-0050